木蘭的外婆

洪素珊Susanne Hornfeck◉作
馬佑真◉譯

Mulan

Verliebt in Shanghai

認同三部曲——3

目錄
Contents

目　錄　　Contents

降落了，但尚未抵達

木蘭被來自肩上的一下輕搖喚醒，一時之間她不知道自己身在何處。一位空中小姐站在眼前，手中的夾子夾著一卷毛巾，正想要遞給她。啊，是在飛機上！所以她終究還是睡著了。在漫漫無盡的長夜中，她曾一再看著腕上的手錶，但那兩根指針卻硬是不肯向前移動。前座椅背上的螢幕裡，一架小小的飛機正在緩慢地橫越那遼闊的歐亞大陸，一點一點向東方移動。

她掙扎著從位子中坐起來，原本的睡姿極其不適；挺直蜷曲的背脊，打直糾結的雙腿，木蘭一手接過毛巾。啊，那東西竟然又濕又燙！她幾乎縮回剛伸出去的手。發給大家這玩意兒是要幹嘛？但當她照著周遭其他人的作法，將熱毛巾覆蓋到臉上。喔，太棒了！木蘭吸著那淡淡的薄荷清香，讓自己酸澀的雙眼，乾燥的鼻子和緊繃的皮膚，籠罩在熱毛巾的濕氣之下。機艙內耀眼的燈光逐漸亮起，木蘭就這樣蒙著臉，靠著椅背，靜靜坐著不動。

她究竟為什麼要搞這個「飛機」？繞過大半個地球，飛到那些雖算是家人，但卻更是陌生人的地方？一個有著一千兩百萬人口的大都市！一千兩百萬個中國人的大都市！

她用力搓了搓自己的臉頰和雙手，但搓不去心中的焦慮和不安。都是因為老是跟媽媽爭執不下的緣故。不，不只是如此，她還要證明給爸爸媽媽看，她一個人搞得定這一切的。

木蘭堅定地把長髮紮成一根馬尾，在頭上盤成一個鬆鬆的髮髻，再用兩根細木條將其固定。「筷子頭」，在慕尼黑的閨密們都這麼戲稱她的髮型：「絕不放過任何美食」，朋友總是愛這麼取笑木蘭。

就在此時，一份早餐盒遞上了她的折疊桌。木蘭興致缺缺地戳著盒內稠糊的炒蛋，她的胃還在休眠狀態，對眼前的食物一點也提不起興趣。現在到底幾點了？木蘭把窗戶上的拉門推高，窗外耀眼的藍天頓時映入眼簾。

她瞥了一眼前座椅背上的螢幕，確定那即將抵達的目的地，現在已經過了正午時分。十三個小時的飛行，穿越好幾個時區，不知不覺中六個小時就這樣被偷走了。木蘭重新調整她的手錶。

爸爸葛雷歐在送她去機場的路上，給了她一個建言：「只往前看，只想以後，不要老去算德國現在幾點，時差很快就會過去了。」因為工作的關係，他必須經常飛來飛去。好，向前看，想以後。

但，在慕尼黑機場道別的景象，卻不由自主地又浮現在腦海；事前和老媽雖有諸多不愉快，自己卻還是哭得唏哩嘩啦。慢點、慢點，才出門還沒抵達目的地呢，怎麼可能就已經想家了？妳給我振作一點兒！木蘭給自己打氣。現在不是掉眼淚的時候，現在要集中精神，面對即將到來的挑戰：她的中國大冒險！

「各位女士、各位先生，我們即將抵達上海浦東國際機場。請關閉您的手機及其他電子用品，繫好安全帶並豎直椅背……」客艙廣播中傳來空中小姐降落前殷切的叮嚀，聲音異常有精神。先是中文，然後是德文。

木蘭重新坐起身，吃完早餐後她又迷迷糊糊睡著了。謝天謝地，終於可以脫離這個「牢椅」，終於可以不用再窩在這個位子上！木蘭套上鞋，聽到腳底下傳來咕隆咕隆的聲音：飛機正在放下輪子。她望向窗外，收割完畢的田地及灰暗的工廠和倉庫，以一種極其不可思議的傾斜角度映入了眼簾。當飛機又轉了一個大彎，只見蜿蜒的河岸，波光粼粼。然後，世界終於又回歸了「正軌」，飛機準備要降落了。輕輕著陸，短暫彈跳。木蘭正想大聲鼓掌，以示慶賀，就像她每次跟父母飛到海邊去度假，全機在安全降落後總是歡聲雷動。但她突然發現，這裡好像並不作興這一套。機上的乘客多是往來經商的生意人，不然就是飛行的常客，對他們來說，搭飛機就是搭乘一種交通工具，跟去度假玩樂一點兒關係也沒有。真是丟臉。突然，一直往前行進的機身，隨著一聲轟隆巨響，陡然煞住。木蘭及時伸出雙手，抵住了前座的椅背，才沒有被顛離位子。

「各位女士，各位先生，我們現在已經抵達了上海浦東國際機場。」客艙廣播再度傳來空中小姐的聲音：「在飛機還沒有完全停妥之前，請您繼續留在座位上。王機長和全體機組人員感謝您的搭乘，中國國際航空希望很快能再度為您服務。」

一般手機重新開機，智慧型的則從飛航模式調回一般模式；早在飛機真正停妥之前，旅客們已爭先恐後地打開上方行李櫃，搶著把行李拿下來。木蘭靜靜待在她靠窗的座位上。或許所有的乘客真的都急著下機吧，但她不急。

她到底為什麼會在這裡？

木蘭．麥哈特，一個有著標準中國名字的德國人，一個有著細細丹鳳眼的慕尼黑人，一個不時被媽媽暱稱為「混血小龍女」的丫頭。除了幼稚園等級的中文水準和會用筷子吃飯外，她跟媽媽的這個家鄉一點關係也沒有。

接駁車載著旅客抵達了入境大廳。大廳中萬頭鑽動，蜿蜒的人龍排在海關前，等著驗照入境。木蘭在掛著「Foreigners」（外國人）的牌子下，選了一條人龍；她早已經習慣了：不管到哪裡，她反正都是外國人。

檢查窗口的官員拿過她的德國護照，眼光老練地比較著照片上的那張臉和站在面前的這個（還睡眼惺忪的）人，不停翻著整本護照，直到找到了貼著簽證的那一頁。然後他開始用中文問她到上海來的目的。木蘭瞠目結舌地看著對方，對這個問題，她猜測的成分要比聽懂的成分高得多。

「來—看—人，」她結結巴巴地回答，試圖在她因時差而仍一片渾沌的腦袋瓜中，找到正確的發音和聲調。「我來—看親戚」。

海關人員面帶憐憫地賞了她一個微笑，「啪噠」一聲，在她的護照上打上了入境章。

好，她現在正式進入中國了！意識到這一點，木蘭突然覺得雙膝發軟。看著眼前沒有盡頭的通道，木蘭必須先讓自己在通道兩側的長凳上坐下來。整個世界好像突然靜止了一樣，周遭的一切彷彿都在慢鏡頭下運轉，她覺得耳朵就像被棉花塞住了似的，所有的聲音都被堵絕在外，只聽到自己的血液在體內嘩啦嘩啦地流著。真希望能一直就這樣坐著，坐在這不屬於任何國度的機場裡——雖然降落了，但尚未抵達。

突然，她驚覺到自己竟在發抖。是因為太過激動？太過疲勞？還是航廈裡的冷氣開得太強？儘管窗外驕陽肆虐，或許正因為窗外豔陽高照，機場內的空調加足了馬力，溫度低得像在冬天一樣。木蘭從背包裡翻找出她的連帽T恤穿上。嗯，感覺好多了。現在必須先找到箱子。夾在大批入境的人潮中，木蘭朝提領行李的方向移動。

從大老遠的地方，木蘭就看見她那個巨大的綠色硬殼箱子，孤伶伶地在行李轉盤上緩慢移動著。她到底在通道長凳上坐了多久？

木蘭要在中國待三個月，她把所有可能必須用到的東西，全都塞進了那個大箱子裡。但她東西都帶對了嗎？畢竟她從來沒有離開過家那麼長的時間。當然，還有一大堆媽媽準備好的，硬要她帶給親戚朋友的禮物。

木蘭抓住箱子的把手，使勁想把它從轉盤上拉下來；大傢伙動也不動。她徒勞地一試再試，箱子仍不動如山地屹立在轉盤上，繼續緩慢向前移動。木蘭無助地跟著箱子跑，慌亂之心再度升起。連自己的箱子都沒辦法從轉盤上拖下來，她是要如何撐過這三個月的時光？幸好一個壯碩的中國男士過來幫她解了圍，把那個巨大的箱子從轉盤上舉起，再放到她面前。

「謝謝。」木蘭很有禮貌地致謝。

「不客氣。」對方很自然地回了一句，便轉身離去。

哈，成功過關！顯然她這次開口四聲無誤，沒有引起注意。生平第一次讓人以為是在和中國人說話，木蘭心中不無驕傲。

聳聳緊繃的肩膀，動動僵硬的脖子，木蘭拉起箱子，大步向前邁進。身邊所有的人似乎都有一個明確的目標，拖著沉重的行李，迎向預期中的重逢。只有木蘭不知道自己要迎向什麼？該期待什麼？還是她其實也知道？她當然知道，舅舅和舅媽會到機場來接她啊！媽媽早就安排好了一切，但那盡是些陌生人啊，她要如何與他們相認？如何與他們交談？而現在相見已迫在眉睫，再也拖不下去了。

老媽事先曾再三叮囑，一再提醒，她在上海的「新」家人，也就是她小舅舅家裡的每個成員，她應該如何稱呼。中國不比德國，不能所有的人都直呼其名，而是要根據在整個家族中，每個人跟自己是什麼關係而定。木蘭在心裡反覆默唸著她的「親族生詞」：媽媽的弟弟是她的舅舅，而他的太太要叫舅媽……

雖然對老媽橫越千里也能安排一切、「遙控」一切，木蘭感到相當感冒；但拖著個大箱子，又累得個半死，她還是很慶幸自己不用在這個全然陌生的大都市裡，單打獨鬥。只是，她必須先找到她的中國家人才行。

當自動門在她面前打開，木蘭不由自主屏住了呼吸。迎面而來的是一陣陣唇齒音極重的聲浪，一片高高低低像在唱歌一樣的聲音；就像她小時候因為好玩，把爸爸的唱盤加速旋轉播放出來的聲音一樣。原來，很多中國人同時說話的時候，聽來就像這樣。木蘭放眼望去，人海中盡是黑髮的頭顱，對望而來的，全是深色的眼珠。那些充滿期待的眼光，落在每一個從海關出來的旅客身上，但當他們發現，出來的人並不是等待中的對象時，熱切的眼光瞬間黯淡，轉往他處。這樣的環境，她是要如何才能適應？

木蘭無助地站在原地，堆放在身邊的行李，讓她看起來像是杵在一個小城堡當中。沒有人對著她喊：「這邊、這邊！」沒有人是來接她的。木蘭雖然看過她「中國親戚」的照片，但她總覺得眼前的中國人，看起來都是一個樣。

木蘭覺得自己的喉頭愈來愈緊。但她突然注意到，朝著出關的人潮，高舉著很多來接人的牌子。當中有一個是來接她的嗎？木蘭精神一振，背起背包，拉起箱子，她再一次慢慢走過舉牌接人的那一段。

「Welcome Miss Lin!」——有可能是指我嗎？木蘭的母親姓林，中國一個非常普遍的姓，就像德國的Meier（麥亞）一樣。木蘭小心翼翼地靠近那位舉牌的男士：白襯衫、黑長褲、手上還拿著一支手機。

「你好，我是木蘭。」

對方不解地看著她，繼續高舉著牌子，臉上完全沒有認出什麼人的意思。接著他的目光就越過木蘭的肩膀，向後方飄去。木蘭聽到一陣刺耳的高跟鞋聲傳來，她轉過身。一位打扮入時的年輕女子，拖著一個小行李箱，一邊揮手一邊向他們一扭一扭地走來。

「哈囉，我是Miss Lin，林小姐，您是『中國物流合作』派來的嗎？」

「是的，林小姐。」

「那好，我們現在就直接去公司吧！」

一位中國商界女強人和來接她的司機。兩人轉身離去，留下木蘭獨自站在原地。

真是好啊，下了訂，卻沒人來取貨？她的中國家人呢？難道把她忘了嗎？木蘭感到喉頭更加緊縮了。

「木蘭！」

她應聲轉頭。是接她的人來了嗎？她看見一個穿著細肩帶背心和短褲的纖細中國女子，正穿過入境大廳向她飛奔而來。在她後面緊跟著一個比一般中國人個頭要高大很多的男士。一眼望去，怎麼樣也看不出來和他的姐姐，也就是木蘭的媽媽，有任何相似之處。殿後的是頂著個刺蝟頭的瘦高男孩兒，手裡揮舞著一個已經完全失去作用的牌子「Mulan welcome!」。

天啊，這個人是要怎麼稱呼？該怎麼叫來著？木蘭迅速在腦袋瓜裡搜尋著。那應該是她的表哥，也就是她舅舅的兒子。他比木蘭大兩歲，但看起來怎麼都不像已經十七歲了。

「哈囉！」木蘭如釋重負，揚聲回應，感覺緊縮的喉頭漸漸放鬆。

接著就聽到一連串急促難懂的中文句子，衝著她劈頭而來，當中她只聽懂了「塞車」和「巴士」兩個字，然後所有的人都在說「對不起、對不起」，一迭聲地抱歉。

天啊，這就是她在家裡跟媽媽說的語言嗎？不過那已經是好久以前的事了。木蘭堅持不再跟媽媽說中文已經有好一陣子，她的「母語」在不知不覺中已經變成了「外語」。

我怎麼那麼蠢？怎麼什麼都聽不懂？木蘭心中懊惱不已，但現在後悔也來不及了。

她走向她的「中國家人」，伸出手，但沒有人理會；顯然在這裡不流行握手。「歡迎，歡迎！我們還以為接不到妳了呢！」親戚們攬住木蘭的肩膀，將她拉到三個人的中間，然後同時開始發問：

「飛得還好嗎？」

「累不累？」

「飛機上吃得怎麼樣？」

「妳媽都好嗎？」

就在她剛準備好要回答一個問題時，另一個問題已經接踵而至，木蘭根本沒有回答的時間；而且所有的人似乎都理所當然認為，她一定聽得懂他們說的話。一邊提出問題，一邊瞪大了眼睛，親戚們毫不掩飾他們的好奇，不停上下打量著眼前的家庭新成員。這個「空降」到他們中間，身材高挑的長腿妹妹，剪著整整齊齊的瀏海，正用一雙充滿好奇的眼睛，帶著批判環視著四周，並緊張地將一綹從髮髻中鬆垂下來的頭髮，塞到耳後。

完全沒有顧念當事人的感覺，中國親戚們緊盯著木蘭，仔細研究著她臉上因外國血統所造成的影響：眼睛比一般中國人的大、雙眼皮、顴骨沒有那麼明顯、鼻子細窄而且比較高挺，而那一頭又黑又亮的濃密頭髮，毋庸置疑，絕對是來自中國的血統。好一張完美結合了東西兩個世界的面孔，感覺既熟悉又陌生。

木蘭其實早已習慣被人盯著看，只是以前都是拜她另一半的血統所賜。在德國，她之所以引人注目，尤其是吸引德國男人目光的，是她那充滿神秘色彩的亞洲因子。而在這裡，人們需要多瞧兩眼以後，才會發現她的不同；但木蘭是個混血兒，還是看得出來的。

「我們搭大巴回去，車站就在那邊對面。」表哥適時提出說明，化解了尷尬的場面。

接人小組終於朝出口移動，表哥接過她的箱子。

「我們不坐磁浮列車嗎？」木蘭衝口而出，完全沒有多想這樣的提議，會不會有點不禮貌。爸爸臨走前特別提醒她，務必要試試這段由德國設計，利用磁浮力運行的鐵路。

表哥搖頭：「磁浮列車又貴又不方便，票價是巴士的三倍不說，下車後還得轉搭地鐵才能到家。」

木蘭失望地拖著步伐，跟在親戚團的後面。這要是在德國家裡，她早就重施故技，吵鬧、撒賴加上撒嬌，一定讓自己的願望得逞。但是，她現在不在家裡。

「妳不會覺得太熱嗎？」當他們快到出口的時候，舅媽問。

「妳不會覺得太冷嗎？」木蘭看了一眼舅媽身上輕薄的細肩帶背心，正想反問她時，一股濕熱的空氣撲面而來。他們走出了機場航廈，木蘭只覺得彷彿又有一條濕熱的毛巾，覆蓋到了臉上，就像先前在飛機上一樣。她還來不及回答，就迅速脫下了身上的連帽T恤。

親戚們領著她朝巴士總站走去，即將開往四面八方不同路線的大巴，都開著引擎等著出發；排氣管裡冒出的黑煙，形成一團團灰色的雲霧。天啊，怎麼這樣！當他們找到了要搭的車子——木蘭若是一個人，打死她也不可能認得出車牌上面的字——一上了車，木蘭馬上就發現自己好像踏入了一座冰庫。啊，難怪，車子的引擎不能熄火，因為這樣車上的冷氣才能一直開著。木蘭已深知箇中玄機，一聲不吭又把連帽衫穿上。舅媽在一旁偷笑了起來。

她和舅媽找了一張雙人座，男士們則在她們後面一排坐下。巴士轉上了高速公路，耀眼的午後驕陽讓木蘭幾乎睜不開雙眼。但她實在太累了，累到已經無法入睡，所有的感官神經都處在警戒的狀態。幸好舅媽沒再繼續追問什麼，她可以陷在座椅上，看著窗外的風景像放電影一樣，一幕幕從眼前掠過。車子行駛間壓到分隔線上發出的喀噠喀噠聲，就像電影的配樂一樣。路上若碰到搶著變換車道的亡命司機，則會響起一連串奪命的喇叭聲。

行經的路段平緩無奇，窗外烈日高掛，風景無聊至極。巨型的建商看板，預告著新社區的遠景，展示著荒誕的建築組合。愈接近上海，廣告上所繪的景象，就愈以具體的樣貌出現在眼前——一個被房屋淹沒的城市。道路兩旁的房子，漸漸由平行延伸變成垂直高聳；許多興建中的社區和高樓大廈，逐漸取代了聯排屋形式的建築。交通愈來愈擁擠，紅綠燈讓車子一再走走停停，終於比較有些「路況」，不再那麼無聊。

當舅媽發現，木蘭從她的位子上慢慢坐了起來，她指著木蘭身側的車窗外，一座造型特殊的拱橋正映入眼簾。

「我們現在正要上盧浦大橋，如果妳動作夠快，可能還可以看到橋下河岸上，當年『Expo』的展覽場地，中國館還在那裡沒拆。」

木蘭只聽懂了「Expo」這個字，也就是二〇一〇年由上海主辦的世界博覽會；她猛地坐直了身子。眼角剛好還瞄到一個有著超大屋頂的鮮紅廟宇，那是木蘭到目前為止，看到的第一個所謂「中國式」的建築，之前在路上瞧見的，都跟其他地方沒什麼兩樣。

盧浦大橋的對岸，市容更加擁擠。不只是房子，就連街道也在有限的空間中，愈建愈高，相互貫穿。從高架道路上，甚至可以清楚看到第一排住家的客廳。木蘭終於明白，為什麼會有「街道峽谷」這種說法了。在慕尼黑，根本沒有這樣的街景可以形容、解釋這個字。聳立的高樓大廈，交錯的高架道路，形成巨大的陰影，籠罩在平地行走的路人和往來的車輛上。

巴士下了高架橋，轉進了人車更稠密的老城。老城內也是陰影重重，但不是因為高樓和高架所造成，而是因為道路兩邊，都種滿了濃蔭密布的法國梧桐。綠蔭後面全是古老的傳統西式建築，座落在氣勢雄偉的大庭院中。

舅媽注意到木蘭的眼睛愈睜愈大，開口解釋：「我們現在經過的是當年的法租界區，二次大戰前這裡住過很多外國人。」

啊哈，外國人！木蘭對這個「物種」相當熟悉，因為她自己就一直有「站在外面」的感覺，不管身處在哪個文化當中；在她身上，總是有一些格格不入的地方。

突然螢幕變黑了。公車駛入了一間地下停車場，窗外上映街景的影片，驟然中斷。

「木蘭，我們要下車了！」

表哥幫她從巴士底層取出行李。然後木蘭連同她所有的家當，就被一路呵護著全都帶上了大街，帶進了這個熙來攘往，熱鬧繁忙的中國大都市。

和在德國不一樣，木蘭的長相可以讓她混跡在中國人當中，不易被發現；當然，前提是她不能開口。她的中文太簡單、太笨拙、太童言童語，一開口就會形跡敗露。再加上每個音節都有四個聲調，每個聲調又都有不同的意義。木蘭知道，四聲不對可能造成很嚴重的誤會，導致很不堪的後果。中文是她小時候的語言，聯繫著她和她的中國母親。但當德國的木蘭不再想當個小孩子，更不想當個中國人，衝突就不可避免的發生了。

如果她當初沒有……

但現在沒時間回想，也沒時間後悔，木蘭必須跟緊她的親友團，不要被蜂擁的人群擠散。他們下到一個地鐵站，朝驗票口走去。在進入月台之前，所有的背包、行李都必須像在機場一樣經過X光的掃描。木蘭不解地看著舅媽。

「別緊張，那是在舉辦世博會時裝設的，但後來一直沒拆掉，真是麻煩。」

麻煩──這個詞木蘭認識，代表費事、討厭、不實用；每次媽媽想要讓她學習中文，作女兒的就會用「太麻煩！」反駁回去──學中文太費事、太討厭、太不實用！但現在，中文卻是她唯一可以與人交通的語言，木蘭真是後悔莫及。

如果她當初沒有……

表哥舉起箱子放上檢查帶，又把她的背包和隨身包也都堆置一處，木蘭發現他們身後已經排成了一條長龍。坐在螢幕後面的檢查員略微點了一下頭，他們於是可以把行李從檢查輸送帶的另一端拿下來。終於，他們「站」上了返家的地鐵──在上海搭地鐵，想要有座位可不容易──木蘭鬆了好大一口氣。她要是一個人，絕對搞不定這一切。現在她可是打從心底慶幸，自己有這麼個「家庭保衛隊」護送。但真正的考驗還在後面：到「人民廣場」站換車。木蘭這輩子還沒見過這麼大的地鐵車站，隨著蜂擁的人潮，她一路小跑著穿過無數的地下通道，那些通道同時也規劃成了購物街，商店林立。跟著地面上的箭頭指標，他們終於抵達了搭乘一號線的月台。

「記住，我們現在搭的是往富錦路的紅線，」表哥解釋給她聽，「我們要在延長路站下車，也就是人民廣場之後的第五站。」他指著車門上方的顯示牌，那裡會亮出下一站的名稱──用中文。

要在到站的時候下車，可一點兒也不容易，門才打開，沒等下車的乘客先出去，上車的人潮就已經一股腦地往車廂裡衝。於是車門前當然一片混亂，咒罵加上衝撞，好個禮儀之邦啊！搭地鐵絕對不能斯文客氣，木蘭現在十分確定，要想展現禮讓風度，那就等著一路坐到底站吧。真是受不了中國人，但在這裡，卻偏偏有這麼多啊！舅媽一把抓住木蘭的手腕，帶著她往外衝。

「妳要從標示到『醫院』的那個出口上去。」當他們終於擠出車廂，表哥繼續給她指路。但當他發現，木蘭只是一臉茫然地看著那些中文指標，努力想把那幾個中文字強記起來，他脫口而出：「啊，我完全忘了，妳不認識字！沒關係，回家我寫給妳。」

木蘭嚇了一跳。哇，這話說得還真是婉轉。但表哥說得卻一點兒也沒錯，她在中國雖然不至於啞口無言，但卻是隻字不識。光看中文字是不會知道它怎麼發音的，她確實是個文盲。木蘭現在真是懊惱至極，當初為什麼那麼堅持，就是不肯學中文字呢？對她來說，在德國學習中文字，累得半死又沒有任何意義，根本就是浪費時間和精力，是木蘭最討厭的事之一——麻煩，就是麻煩！

如果當初她……

木蘭隨著親友團，在熙來攘往的一個十字路口冒出了地面，表哥伸出手，指著對街一棟巨大的建築。

「看到嗎，那就是我們剛剛提到的醫院，要是妳以後坐出租車回來，只要跟師傅說，妳要到『第十人民醫院』就好了，誰都知道這裡。不過今天我們反正已經到了。」

他們從馬路轉進了一座院落大門，一位穿著綠色制服的警衛站在入口處。看到他們一行人進來，馬上精神抖擻地揚聲問候；舅舅遂將木蘭介紹給他，並說明是家裡的新成員。「這樣，他就知道妳是跟我們一起的了。」舅舅解釋給她聽。

用石頭砌成的圍牆內，站著一排排灰色的矮樓，樓與樓之間綠樹林立，灌木叢生。各家的窗檽或陽台上，橫陳著一根根長長的竹竿，上面晾曬著迎風飛舞的衣物。每棟樓入口的地方，都擺著幾張破舊的藤椅或廢棄的沙發，老先生老太太們坐在那裡，或打毛線，或下象棋，或在陽光下打盹，或幫忙看著小孫子們在院裡騎著三輪車，四處玩耍嬉戲。

這位林家新來的嬌客，不僅被左鄰右舍死盯著直看，同時也被大聲地品頭論足。

「是林奶奶的外孫女……」

「林先生的外甥女……」

「聽說是從德國來的……」

「唉喲，小姑娘長得真標緻……」

「……那她爸爸是？」

「據我所知，是個德國人。」

「我還記得她媽媽小時候的樣子。」

「好像是林奶奶頭婚生的孩子……」

所有的議論，木蘭只聽得懂零星幾個字。這裡鄰居「盯人」的方式，可比在慕尼黑西區肆無忌憚多了。

即使在爬樓梯的時候，他們也沒辦法不引人注意。因為每層住戶廚房的窗子，都是開向樓梯間，所以每家都可以一邊做飯，一邊觀察整棟樓裡的人來人往。現在是晚上六點，晚飯時間。家家戶戶都傳來炒菜聲，每層樓都飄著菜香，木蘭覺得自己的口水都快流下來了。那是她熟悉的味道，是做中國菜起鍋爆香的大蒜、青蔥和老薑，再加上炒肉或煎魚的香味。走過樓梯間就像聞了一遍各家的菜單一樣。木蘭聽到自己的胃咕嚕咕嚕在叫，這才想起，除了飛機上那幾湯匙稀糊的炒蛋，她再也沒有吃過任何東西。

上到四樓，舅舅用鑰匙打開了一扇門。「歡迎蒞臨寒舍！」木蘭才踏進房門，就發現自己已置身在廚房內。這裡也正在準備晚餐。一位身形瘦小的老太太，身上穿著藍色的毛裝外套和一條黑色的長褲，站在爐邊正用鍋鏟炒著菜。她灰白的頭髮被紮成一個緊實的小髻，盤在腦後；炯炯有神的黑色雙眼，正上下不停打量著木蘭。

「這就是我的外孫女嗎？」

對一個身材如此纖細瘦小的女人來說，她的聲音顯得異常沙啞低沉。

「外婆。」木蘭因為緊張，甚至有點兒結巴。在德文裡，不管是父母哪一邊的媽媽，孩子都叫「Oma」；但在中國，母親這邊的親戚總多了個「外」字，因為女人都是從「外面」嫁進來的，是兒子從「外面」娶進來的；所以這位「外面」的「Oma」是她的外婆。

家裡其他的人，都是馬上就給木蘭和藹親切，平易近人的感覺；但眼前的這位外婆，卻是權威無限，遙不可及。木蘭可以感受到她犀利的目光，一直不停在自己身上搜尋，那雙眼睛正試著想從她身上，找到自己女兒的，以及那位從未謀面女婿的身影。但，為什麼他們從來沒見過面呢？木蘭尷尬地僵在原地，感覺自己的臉愈來愈紅，準備好的中文句子全卡在喉嚨裡，一句也說不出來。但她同時也趁這個機會，仔細端詳著對方，試著從外婆的臉上，尋找似曾相識的感覺，尋找媽媽的痕跡。

一時之間，兩人都沉浸在彼此的對望中，外婆完全忘記鍋裡還炒著菜。還好舅媽及時發現，從她婆婆手裡接過鏟子，用力將菜再度在鍋裡翻炒起來。

「這是妳的房間。」舅舅帶她進到一個小隔間，裡面有一張床和一張書桌，幾乎就佔掉了所有的空間。「如果妳想梳洗一下的話，浴室就在對面。妳慢慢來，我們大概一刻鐘後吃飯。」說完，舅舅就帶上門出去了。

終於只剩一個人！不知經過了多少個鐘頭，終於只剩下木蘭一個人。她深吸了一口氣，筋疲力盡地仰躺到鋪著鋪蓋的床上。但她根本沒法休息，龐雜的思緒讓木蘭覺得，整個腦袋都在高速運轉中。那些帶來的禮物要怎麼處理？等一下馬上就給嗎？她站起身，在行李中翻找出所有媽媽精心包裝好的禮物。舅舅提到浴室在哪裡，是在暗示我什麼嗎？木蘭從媽媽那裡知道，中國人對西方人的汗臭味是很敏感的。她很快地嗅了一下腋下。嗯，噴一點體香劑，換一件乾淨的T恤，應該沒什麼問題。木蘭希望自己在這一方面，遺傳了母親的體質。

「唉，老媽，妳為什麼要讓我陷入這樣進退兩難的窘境啊？」木蘭禁不住嘆息，重重吐了一口氣。反正不管她到哪裡，就是有跟人家不一樣的地方。但現在沒機會再逃避了，她必須勇敢面對自己的不一樣。打起精神，站起身，她的中國家人正在外面等著呢。

捧著大包小包，木蘭又現身在玄關，飯桌上已經開好了飯。

「媽媽、爸爸問候大家好。他們很感謝你們願意收留我。」這段簡短的開場白是木蘭早就準備好的。「我當然更是感激。」她趕緊又補上一句。

禮物在一片道謝聲中分發完畢，但沒有一個人打開來看。奇怪，他們都不好奇我給他們帶什麼東西來嗎？

「先坐下再說，妳一定很餓了吧。」舅媽招呼著。

中國人待客之道第一條：招呼客人吃東西！在中國，甚至是用「吃飯了沒？」來彼此問候打招呼。

當同桌的人都「不經意」瞥見，木蘭會用筷子吃飯，舅舅和舅媽便一再往她的碗裡加添好料，沒停過。木蘭乖乖把碗裡的飯菜全部吃光，不僅是基於作客的禮貌，她也真是饑腸轆轆，餓得很；再說，所有的菜都好好吃啊！有一盤粉絲炒絞肉，是木蘭最愛吃的中國菜之一，她始終搞不懂，為什麼這道菜竟會有那麼好玩的名字，叫做「螞蟻上樹」！除此之外，還有一盤大蒜炒菠菜，一條煎得酥脆的魚，以及中國人最後都會習慣來一碗的熱湯。簡單但可口的家常菜，就像媽媽在德國家裡煮給他們吃的一樣。所有跟中國有關的東西，木蘭唯一不反對的，就是中國菜。在吃這件事情上，她們母女倆意見始終一致。不過，為母的從一開始就很注意，絕不允許中國的某些飲食習慣，「入侵」到德國的餐桌上。所以，當木蘭看到外婆端起飯碗，就著嘴，用筷子直接將碗裡的麵條「唏哩呼嚕」地邊划邊吸進嘴裡，感到相當錯愕。而且，大聲咀嚼和出聲打嗝，好像也都是表示好吃和滿意的正常反應，不會打擾到任何人。這還真需要點時間適應。木蘭收回視線，垂下眼瞼，盯住自己的飯碗，以免別人看出她的不自在。

碗裡的湯才剛喝完，大家還津津有味地咂著舌，問題匣子就又重新打開了。尤其是舅媽，什麼事都鉅細靡遺地想問個清楚。

「你們是怎麼住的？」

「我們有半個房子。」木蘭據實以告。天知道那種一棟樓房分成兩戶的建築中文叫什麼？

「就你們自己住？那妳奶奶呢？」

「她已經有一點……呃……腦筋不太清楚了。她住在一間老人房子裡——是這樣說嗎？」

「老人院。」表哥適時伸出援手。

「對，老人院。」

「不需要照顧婆婆，那妳母親整天都在幹什麼？」舅媽很驚訝地問。

「她做飯，我每天中午放學回家；她整理家裡和花園，也常常會接工作。」

木蘭非常努力加吃力地回答，不是生詞想不起來該怎麼說，就是四聲根本亂七八糟，但舅媽好像都聽得懂她在說什麼。

終於，舅舅也加入對話了；他顯然比較瞭解狀況，也或許他不像他太太那麼好奇。木蘭知道媽媽和舅舅一直以電子郵件聯繫，所以他並沒有馬上就發動問題攻勢。

「我已經給妳媽發了封短信，說妳平安到了。妳表哥會負責幫妳盡快連上網路，那妳也就可以自己上網了。」舅舅一邊說，一邊瞥了他兒子一眼。

木蘭感激地看著舅舅。她已經累到沒有力氣跟家裡報告任何事了；舅舅幫她省了這個麻煩。

「妳媽還在當口譯員嗎？」舅舅問。

「是，她——該怎麼說？——她是發過誓的？她可以在法院當翻譯，也可以翻譯法律文件。」

「宣誓過的。」舅舅滿意地點點頭。

「那麼晚上妳爸爸下班回來，」舅媽又插進來繼續問，「她就再煮一次飯，對嗎？」

「沒有，晚上我們都吃冷的，麵包、起司什麼的，或者吃沙拉。」

四雙眼睛不可置信地瞪著木蘭。

「爸爸中午在公司餐廳已經吃過熱的了。他說，媽媽不應該餵他吃太多，他會太胖。」

這時，在旁邊靜靜聽著，一直沒有開口問過一個字的外婆也終於說話了，聲音平靜但充滿威嚴：「但她晚上應該要煮一頓熱的給家人吃才對。吃冷的對『氣』不好，吃生的更糟糕，不好消化，傷胃。」

桌上沒人敢吭一聲。噢噢噢，看來媽媽當年在家的日子，也不是那麼好過的。遠在半個地球之外，而且都已經是有丈夫孩子的人了，現在卻在這裡像個孩子一樣被訓斥，還當著全家人的面……。木蘭突然有一種想要保護媽媽的衝動，這種感覺既新奇又陌生。

但外婆的砲口已經轉向，這次是直衝著她而來。「妳在學校排第幾？」

乍聽之下木蘭根本不知道外婆在問什麼。

「她是想知道，妳在班上排第幾名？」表哥代為解釋。

「我們那裡不排名的。」

木蘭覺得今天真是夠了，她特意打了一個大大的哈欠。「我想我要去睡覺了，眼睛快睜不開了，一定是時差的關係。」

一直在旁邊作壁上觀，同時將面前盤子裡的菜掃光光的表哥，對她促狹地眨了眨眼。

木蘭還幫著收拾完畢，才退回到她的小房間。熬過了在飛機上坐著睡的漫漫長夜，現在能重新平躺在床上，盡情伸展四肢，真是太幸福了。床上鋪著一張涼席，床單則充當被子——在這樣的炎炎夏夜還是嫌太厚。雖然窗戶的上方裝著一台冷氣，但有過在機場航廈的經驗，她寧可不開。在進入夢鄉之前，最後出現在木蘭腦海中的，是她上海的中國家人：飛過大半個地球，還是逃不了另一個家庭的「保護管束」！但對自己能走到目前這一步，木蘭仍然感到相當滿意。

陌生的家，陌生的親人

第二天早上醒來，木蘭發現自己滿身大汗。是已經中午了嗎？一時之間，她腦海中完全沒有時間的概念。側耳傾聽了一會兒，屋子裡靜悄悄的，沒有一點聲音。她光著腳，躡手躡足地走進那間加蓋的浴室。昨天晚飯的時候，家裡的人非常自豪地告訴木蘭，因為舅舅升官了，所以服務單位配給他的房子是比較高級的，帶有浴室、冰箱、電視和微波爐等。對木蘭來說，那些東西根本就是再基本不過的日常家用，但在這裡，顯然已是富裕的象徵。

沖澡帶來的清涼，只維持了短暫的片刻，就在木蘭擦乾身體的同時，她感覺自己已經又在出汗，再薄的夏衫也改善不了這個狀況。

木蘭先在餐桌前坐下，靜靜打量著她的新環境。從這個開放的門廳，也就是大家吃飯的地方，共有三扇門通往三個不同的房間。一間是她現在睡的小臥房，另一間房門敞開著，因為帶有陽台，整個房間顯得非常明亮。一張大床上鋪著床罩，被子都捲成一卷堆在床頭，床尾則靠著一張折疊起來的行軍床。一個衣櫃，一張小書桌是房內全部的傢俱，狹小的空間也再擺不下其他任何東西。第三扇門是關著的，但經由門縫就可聞到房內的香菸味，木蘭相信那一定是外婆的房間。而全家也就是那麼大了。

木蘭可以確認，她現在理所當然據為己用的房間，原來一定是表哥的臥室；

而表哥現在顯然只能在他爸媽房間的一角「紮營」，睡在一張折疊的行軍床上。為了她這個表妹，必須讓出自己的房間好幾個月，木蘭心有愧疚地在想：如果現在情況相反，是表哥到慕尼黑來，是她必須讓出自己舒適的房間，尤其是她那張「高枕無憂」的大床，而必須在她父母的臥室過夜。天啊，想都不要想！

接著，她的視線落到餐桌上。一個用紗網做成的罩子下，有一份留給她的早餐：一個大饅頭、一碟鹹花生米和一碟海帶小魚干。櫥櫃裡有一個燒水壺，旁邊有好幾個裝著不同茶葉的罐子。木蘭給自己泡了茶，心滿意足地咬著白饅頭，用筷子夾起花生米和小魚干：饅頭配小菜，人間美味！天下無雙！

正當木蘭津津有味地享用著早餐，忽然聽到有人用鑰匙開大門的聲音。她轉過頭，看見外婆站在門口，手裡的提袋裝滿了各種蔬菜。

「木蘭，妳好。」外婆問候她的外孫女。「我看妳東西都找到了，很好。饅頭其實應該熱了再吃。」她指了指廚房裡的微波爐，「不過吃冷的也沒關係。妳這一覺睡飽了嗎？」

木蘭點點頭。外婆一邊把買回來的蔬菜從袋子裡拿出來，一邊自顧自地說下去。木蘭馬上就意識到，一定要讓她能不停地繼續說下去，這樣自己才不用開口說太多話。

「我每天都會到市場去買菜。雖然妳舅舅舅媽買了台冰箱在家裡，但在我看來沒什麼必要。我們家是不吃剩菜的，每天晚餐桌上的菜，都是我新鮮做的。」

沒有冰箱？這種天氣？木蘭以為自己聽錯了。

「其他的人呢？」她緊接著問，以免聊天中斷。

「他們一大早都出門了。我兒子在一家電腦公司上班，媳婦在一間小學作秘書，孫子的學校可遠了，但他上的那間學校特別好。」

在中國社會裡，親族關係最讓人「如墜五里霧中」的，就是所有的稱謂都會因說話者與對方的關係而改變；木蘭的舅媽是外婆的媳婦，木蘭的舅舅則是她的小兒子。當人暗自竊喜，以為終於搞懂彼此之間的關係時，一切卻又變了個樣，必須重新再釐清一次。木蘭過了好一會兒才搞清楚，外婆剛才說的到底誰是誰。

「中午大家都在自己單位的食堂午餐，但晚上六點多鐘都會回家吃晚飯。」

從上述的內容木蘭聽出，白天整天會只有她跟外婆在家。這讓再過一個星期就要開課的語言班，變得非常值得期待。在這位身材瘦小，精神健鑠的老太太面前，木蘭就是覺得侷促不安。Oma本應該是從小抱著她長大的親人，但這位「外面的」Oma，卻是她到十五歲才第一次見面的陌生人啊！不過話說回來，對外婆來說又何嘗不是如此？家裡突然就冒出一個中德混血的大妞兒，比自己高出了一個頭，還自稱是她「外面的」孫女！

木蘭一邊吃著早餐，一邊小心翼翼地用眼角偷偷觀察眼前的老太太：外婆的褲腰帶上塞著一條小毛巾，她偶爾會用它擦拭一下臉頰及脖子上出的汗；她不時會消失在陽台一下，去抽根煙，然後會大聲清咳著喉嚨，並吐痰到一個痰盂裡。她經常會拿起一個帶著旋轉蓋子的玻璃果醬罐，罐裡漂浮著綠色的茶葉；她不時會啜飲一口，並不斷加熱開水進去。今天她也是穿著那件藍色的外套，昨天一路從機場回來，木蘭就很確定，在上海除了外婆以外，根本沒有人在穿這種毛裝了。還什麼藍色螞蟻大軍咧！上海的姑娘穿得可是既花俏又時尚，完全走在世界的尖端。

正當木蘭心裡盤算著，要如何才能避開外婆監視的眼神，一道命令已經直接下達：「要是妳吃完早餐了，可以過來幫我切切菜。」老太太似乎想測試一下，看這個洋孫女是不是還可以幹點活兒。幸好她跟媽媽學過，知道如何使用中國廚房裡的剁菜刀，即便是切再細的絲也難不倒她。

在外婆帶著批判的眼光下，木蘭手執大刀，把蔥、薑及胡蘿蔔等配料全切成了一小撮一小撮的細絲，整整齊齊地堆在眼前。第一關考試，通過！但沒有聽到稱讚之聲，只聽到外婆引經據典：「孔夫子就曾說過，切菜是中國廚藝裡非常重要的一部分，」她繼續教誨後生晚輩，「吃飯不僅是用嘴巴，也用眼睛，所以每一道菜顏色的搭配，也一定要賞心悅目。」

等豬肉和豆腐也都切成了該有的大小，外婆點上爐火，淋油入鍋，布署完一切，準備開始炒菜。什麼，已經到了做晚飯的時間？她不是才剛剛吃完早餐？木蘭看了一眼玄關牆壁上的掛鐘，驚訝地發現竟然已經下午五點了！她這一覺，幾乎把整天都睡過去了！但十幾個小時的長途飛行和六個小時的時差，這一覺，確實必要。

不一會兒，大門開鎖的聲音再度響起，木蘭暗自鬆了一口氣。這次是表哥回來了。

「上課這麼久？」木蘭問候表哥。

「就是啊，我高三了，正在準備高考。高考考得好，才能進入好的大學；那會直接影響並決定未來工作及出國的機會。學校上課不包括準備考試，晚上我還有一堆作業要做呢。」

「我的天啊！」木蘭不知道還能說些什麼。表哥恐怕真是個無可救藥的書呆子。

「妳要看一下妳的電子郵件嗎？還是上一下Skype？妳有帶妳的筆記本電腦

吧?」

「筆記本電腦?」——那只可能是指她的Laptop，「電子郵件」也很容易明白，而聽起來像「撕開皮」的想必就是指「Skype」了。這些新名詞，全都不在木蘭兒時的中文字彙裡，但所幸這個家裡有個年輕人，對電腦網路的基本知識都知道，也能跟她處得來；表哥這個人看起來挺OK的。

「有，太好了，謝謝!」

表哥隨著她進到他(現在是她)的房間。

「呃……表哥，這個房間……」木蘭有些詞窮，表哥打斷她的話。

「不要把自己當客人，妳是家裡的一份子，沒事兒的。我們家反正很大，因為有外婆跟我們一起住。」

很大?他說這裡很大?木蘭的三人小家庭住的是一整棟房子，而她總還嫌空間不夠。但表哥好像一點兒也不介意出讓房間一事，他已經逕自打開她的電腦，輸入了無線網路的密碼。

「好了，妳現在可以上網了。」

「那臉書也可以上嗎?」木蘭已經用手機試過N遍，想聯絡上她的死黨們。

「這裡不行。有『防火牆』擋著，中國在網路世界也有一座『萬里長城』!」

表哥解釋給她聽，「雖然是有所謂『翻牆』的、或是『鑽洞』的軟體，但近來已經越來越困難，相關單位是越抓越緊了。這裡沒法用臉書，但我們有微信——WeChat，或是微博——Microblogging。但這對妳來說都沒有什麼用，因為妳所有的粉絲都沒有這些軟件。」

粉絲？木蘭想她是不是聽錯了？

當表哥看到她一臉不解，不禁笑了起來。「那是中國人對『Fans』的用法，就像你們在臉書上用『朋友』這個字一樣。」

木蘭其實還滿慶幸，能暫時把自己的「粉絲團」擺在一邊，不然她恐怕馬上就得對所有的事情發表評論。她給家裡發了封電郵報平安，老爸老媽那兒可以就暫時先這樣；她的中國家人已經把她「逼問」到筋疲力竭了，目前完全沒有用Skype視訊的需求。而德國的死黨們就算再好奇，也請先等一等吧，等她自己把一切狀況搞清楚了再說。

晚餐時間又展開了第二回合的問答。妳爸收入多少？「不知道。」現在住的房子是自己的嗎？「是。」妳爸開什麼車？「Volvo。」（因為對家人死纏爛打式地追問，感到十分丟臉，表哥始終保持沉默，未發一語；但對木蘭的這個回答，他咧嘴笑著發表了唯一的一次意見：「沃爾沃現在已經被中國買下來了！」）妳媽燒中國菜多還是德國菜？（這是外婆問的問題）「都混在一起燒。」妳受洗了沒有？「沒有。」有養過狗嗎？「很遺憾，沒有。」妳媽賺多少錢？「不清楚，要看情況。」為什麼妳沒有兄弟姊妹？「那你們得問我爸媽。」

這裡是怎樣？完全沒有禁忌嗎？一點兒隱私都沒有嗎？木蘭發現自己已漸漸感到不耐。但她的中國家人之所以會如此好奇，是可以理解的。因為他們想要「趕上進度」！家中的一員當年背棄了親人，遠離了家鄉，將自己放逐到一個全然陌生的國度去（是啊，究竟為了什麼？——這次輪到木蘭暗自發問）。現在他們當然想要抓緊機會，弄清楚一切。

還好談著談著，大家對這個話題的興趣也就漸漸減弱了；每個人開始報告各自一天的生活，木蘭終於可以安靜地吃她的晚餐。

飯後不久，當她又能躺在席子上伸展著四肢，木蘭發現自己不僅頭昏而且腦脹。為了能回答所有的問題，為了能跟上所有的對話，席間她必須非常「警醒」，一直維持高度的專心，木蘭覺得自己的腦子彷彿都快絞出腦汁來了。在中國家人你來我往的對話中，木蘭經常只能聽懂幾個字而已，其他的部分必須想盡辦法去拼湊、去猜測；而當她好不容易弄懂了一段對話，其他的人卻早就換到另一個話題去了。但即便如此，木蘭還是隱隱感覺到，有些東西是她還能找得回的；有一個詞彙的寶庫，雖然深鎖了很久，但仍藏在記憶的某個地方——她的「母語」。
現在要做的，就是去打開它，喚醒它。

菜場之旅

接下來的幾天，木蘭一步一步探索著周遭的環境。她發現這個小區還真是熱鬧，尤其是在早上。頭幾天，因為時差還沒睡過來，她完全沒有注意到這些事，現在木蘭每天都仔細觀察身邊的動靜，而且愈看愈有趣。小區裡的老年人，每天一起打太極拳或練習氣功，他們利用每一個欄杆，每一處圍籬來做伸展運動，同時互相閒聊著最新的八卦。那是一個集資訊和健身為一體，而且還完全免費的社交中心。除了每天在小區運動，外婆另外還有別的固定行程。每週她會到「銀髮俱樂部」打兩次桌球；星期天則會到附近的閘北公園，和她當年的老同志們一起高唱「紅歌」，這是外婆親口告訴木蘭的。了不起，這裡的老人真是自立自強！哪裡像歐洲國家，老人幾乎都住進了養老院，木蘭偶爾會去探望的德國Oma就是這樣。

漸漸地，她發現這個小區，早就超越了一排排水泥建築的概念，它自成了一個小生活圈，「自給自足」各式所需。住在區內最老的和最小的，在這裡結伴消磨一天；出外工作的，則可以趁回家之便，順道買些必要的家用。就在小區入口的地方，有個水果攤，攤子上的水果琳瑯滿目，美不勝收。木蘭不自覺駐足在攤前，看著那些她不認識的熱帶水果，充滿了好奇。攤販主人是個年輕的小伙子，馬上就塞了一個紫色的、大概比網球稍微小一點的圓形果子到她手裡。木蘭羞赧地道謝。

「妳吃過這個嗎？」

「沒有。這是什麼？」

「百香果。」

百香果？一百種香味的果子？木蘭猜不出來是什麼水果。

「等等，我教妳怎麼吃。」小販拿起另外一顆，用刀從中間剖開，就著外皮像喝湯一樣，把裡面液狀的果肉給吸了進去。「好，現在換妳。」一邊說著他一邊把剩下的半個遞給木蘭。木蘭有些遲疑，小販馬上笑著補了一句：「如果是在家的話，妳當然也可以用湯匙來吃。嚐嚐看味道怎麼樣？」

木蘭不想扭捏作態，遂照著他的方式也用力一吸。嘴裡一下子全是酸酸的、帶滿種子的濃稠果肉。這名字取的好！真是集合了多種口味，呈現了多層口感。但是慢著，木蘭突然覺得這種味道似曾相識，不就是那個……？沒錯，Maracuja！木蘭以前只吃過這種口味的優酪乳，但從沒見過水果本身。在這種炎炎夏日，吃百香果可真是清涼爽口啊。

「好吃！謝謝！」吃了人家的東西，木蘭覺得，總得跟他買點什麼吧？「一斤李子。」木蘭指著梨子說。

「妳是說梨子吧？現在不是李子的季節。」小販邊笑邊糾正她。

啊，發音對了，但四聲錯了——真是丟臉！其實像這樣的錯誤，木蘭在不自覺的情況下，已不知道犯過多少次。但想必都是基於禮貌的關係，從來沒有人當場糾正過她。但這一次木蘭四聲錯得太明顯了。

「妳是想今天吃還是明天吃？」

「今天跟明天都吃。」木蘭一時之間沒法決定。

小販幫她從梨子堆中，先挑出幾個熟透的，再撿出幾個還沒完全熟的，一起裝進一個紅條紋的塑膠袋裡，並掛上了他手裡拿著的桿秤。他很快地掂算了斤兩又加了一顆進去，然後說了一個價錢。木蘭對剛換到手的人民幣還很陌生，在錢包裡掏了半天銅板，翻了半天紙鈔，終於找對了數目。拎著戰利品，木蘭轉身離去。

「再來啊！」攤販主人在後面對她喊著。

除了水果攤，小區裡還有一間也提供乾洗服務的自助洗衣店、一家門前擺著矮凳和折疊桌的小吃及幾個流動攤販。早上攤販都會把載滿貨物的腳踏車騎過來，車子本身就是最佳展示區。木蘭看著就納悶，這麼一輛「滿載如山」的腳踏貨車，是要怎樣才能騎得動？其中一個攤販賣的是廚房用具和一般家用品，在他的車上，層層疊疊掛滿了衣架、刷子、雞毛撣、水桶等各式雜物，甚至連幾尺長的曬衣竹竿都有！另一個賣的是內衣和睡衣，老闆將一條曬衣繩繫在兩棵樹之間，琳瑯滿目的內衣褲就像萬國旗似的晾在繩子上，迎風招展。奇怪的是，好像沒有任何人會覺得不好意思；婆婆媽媽們圍繞在車子四周，比較著貨品的質料和大小，還不時將那些做工十分拙劣的內褲，拿到腰際比試，毫不扭捏。所有圍觀的人都非常盡職地對所有的商品詳加討論並給予評價，幾乎每一雙手都摸過了每一件的質料。但看將起來，婆婆媽媽們聊天的興致，似乎遠大於購物的意圖。

木蘭可以感覺到她們投射過來的眼光，每個人好像都在對她微笑點頭。消息想必早就傳開了，她從哪裡來，要往哪裡去，好像所有的人都比她還清楚。

當她拎著袋子回到家，正要將她的成果放到檯子上的果盤裡時，突然傳來外婆嚴厲的聲音：「妳梨子是在哪裡買的？」

「在入口的攤子上，賣水果的那個人好友善。」

「那傢伙是個騙子，」外婆一開口就把木蘭堵了回去，「跟他買東西妳一定要還價，絕不能照他所說的價錢付。他就是想試試看能不能得逞，尤其是看到像妳這樣還搞不清狀況的外國人。」

木蘭心中猛然一頓。在德國的時候，她從不希望自己被視為中國人，但現在身在中國，被冠上「外國人」的稱謂，同樣讓她感到不舒服。

「但他有送我這個。」木蘭將那個紫色的百香果秀給外婆看，不想讓自己獨力完成的「首購」，被批評得一文不值。

「妳要學的還多著呢，」外婆毫不留情地說，「明天跟我一起去趟市場，我讓妳看看菜是要怎麼買的。」

第二天一早，婆孫倆向市場出發。外婆一如往常，穿著她的毛裝，帶著她買菜的網兜。

「我們到市場大樓去買晚餐要煮的東西。」

木蘭點點頭。不管做什麼，都比跟外婆在家裡大眼瞪小眼的好。

「這附近也有一家超市，但我不喜歡在那裡買東西。」外婆說。

木蘭很快就知道為什麼了。才一踏進那棟兩層的灰暗水泥大樓，就聽到一堆賣蔬果的攤販大聲吆喝著，並揮手招呼她們過去。「來這邊、來這邊」，企圖用攤子上的「貨色」吸引老顧客前來購買。但外婆絲毫不為所動，她先繞了一整圈，這裡挑挑，那裡撿撿，聞聞這個，嗅嗅那個，最後站定在一個攤販前。只見外婆將她要的東西，逐一精準挑選後，放進一個塑膠小籃裡。籃裡的蔬菜沒有任何一片枯葉，水果沒有任何一點瑕疵。挑畢，她將小籃遞給賣菜大娘，只見大娘熟練地逐一秤著斤兩，快速心算加總，最後還抓了一把大蔥，連同所有的蔬菜一併放進了外婆的網兜裡。

開始講價了。

「上個星期菠菜可沒有那麼貴。」外婆不滿地說。

「那是因為天氣的關係啊，」賣菜大娘為自己的立場辯解，「最近刮颱風，讓農民損失慘重啊。」

「但我還買了兩根蘿蔔，應該可以算便宜一點了吧？」

就這樣，每一樣東西外婆都要跟賣菜大娘還一下價。木蘭站在一旁，恨不得有個地洞能鑽下去。天啊，就為了那幾毛錢，也能那樣殺來殺去？木蘭覺得丟臉極了！況且還講得那麼大聲，整棟大樓都聽得清清楚楚。但買賣雙方好像都樂此不疲，至少賣菜大娘一點也看不出有什麼不高興的；她有時候堅持己價，有時候讓個小零頭，但始終會讓她的顧客覺得，還有還價的餘地。在傳統市場上有一定的遊戲規則，或許大娘事先都把還價的空間預設好了，這樣客人才有殺價的樂趣。所以最後買賣雙方都滿意，皆大歡喜，盡興而歸。

「看到了嗎？菜要怎麼買？」Oma問木蘭，很滿意自己的收穫。

木蘭點點頭。在超市，所有的商品都早已貼好標價，外婆哪能有那麼多還價的樂趣？

就連市場的攤販，也都對外婆這位「新來的」外孫女充滿了好奇。不論男女，都口無遮攔地四下追問，而外婆也都氣定神閒，胸有成竹地一一回答，而木蘭只能呆呆地站在一旁，像個傻瓜一樣。不一會兒，木蘭就成了市場裡的頭號紅人。

結束了一樓的採買，兩人從賞心悅目的蔬果區，上到了專賣生鮮魚肉的二樓。那裡可完全是另一番景象，一個讓人倒盡胃口的「殺戮戰場」。木蘭在德國時，每次看到媽媽購買那些德國主婦敬而遠之的魚頭、豬腳、骨頭或內臟之類的東西，都覺得既噁心又難堪。但跟現在眼前的景象相比，那簡直是小巫見大巫。只見一魚販使勁兒掏著魚肚，然後反手就將那些軟糊黏稠的內臟，丟給一隻伺伏在旁的貓咪。肉販們不斷揮著手，驅趕那些盤旋在攤子上，繞著帶血肉品不肯離去的蒼蠅；某個角落裡，咯咯叫的活雞被關在極盡狹小的籠子內。「我的媽呀。」木蘭嫌惡地轉開頭。

孫女的反應外婆看在眼裡，她鄭重地對其說：「我媳婦也老是說，我應該去超市買那些包裝好的魚，說比較衛生還是什麼的。但如果我不聞一聞，怎麼知道魚還新不新鮮？還好不好呢？」

「包裝上都有日期呀。」木蘭提醒老太太。

「印個日期能代表什麼？我寧願相信我自己的鼻子。自從禽流感爆發以後，我媳婦對衛生條件更是神經質的很。但親眼看到雞活蹦亂跳的，就是新鮮最好的保證。」

但木蘭寧可不知道，至少不用那麼清楚的看到，晚餐桌上的食物是怎麼來的……

當兩人提著滿滿的購物網兜回到家，木蘭第一件事就是把手徹底洗了個乾淨。這趟「菜場之旅」讓她感到相當疲累，她覺得全身乏力，提不起一點勁兒。可能是時差還沒有睡過來吧？木蘭回到自己房間，想要回回電郵、和馬堤或其他好友們「撕開皮」一下。用電子產品聯繫溝通，怎麼樣都比跟外婆講話輕鬆些。但木蘭瞄了一眼手錶，這時候全德國都還在睡夢中啊。

而且，有什麼好說的呢？她的閨密朋友等著知道的，是她闖蕩市集的大冒險、是在迪斯可舞廳的刺激經驗、是和東方男孩充滿異國情調的邂逅。但到目前為止，她對上海所有的認識，只有：超級擁擠的通勤地鐵、灰暗不堪的住宅小區和一間會倒盡胃口的菜場大樓。當然，還有她的中國家庭。但誰又會對她的中國家庭感興趣呢？我——木蘭驚訝地聽到一個聲音，從自己的心底響起。

曾經的赤腳醫生

第二天，木蘭一早醒來就發現自己喉嚨乾啞、鼻涕直流，不僅頭痛欲裂，而且全身酸軟；樹蔭下都高達三十八度，自己竟然還感冒！真是夠了，後天就要語言檢定考試，現在竟然還來這麼一下子！木蘭邊咳邊吸著鼻子，從房間走出來。

她完全沒有胃口吃早餐，只從水果盤中拿了一根香蕉。

「不可以！——妳別碰香蕉！」外婆嚴厲的聲音從陽台門邊的沙發上傳過來，木蘭這才發現有人坐在那裡。「感冒的時候不要吃香蕉。香蕉性寒，而妳已經著涼了，不要再吃這種涼性的東西到身體裡去！」

木蘭嚇了一跳，忙不迭地把香蕉放回水果盤裡。什麼意思啊？香蕉是涼的？涼在哪裡？

外婆的「訓示」這才開始：「我先幫妳煮些稀飯和薑茶，薑是暖的。巧克力妳現在也暫時不要再吃了，甜食容易引起發炎。」她把手中的針線活擺到一邊，取過一球薑及砧板。薄薄的薑片和冰糖被丟進一個鍋裡，加水後放在爐火上。

木蘭正想躲進浴室去，外婆的聲音又從後面追了上來：「不要洗頭！洗頭傷元氣！」

木蘭就是想要洗頭，她可不想頂著個大油頭就到語言學校去。木蘭向來以她及腰的長髮和齊眉的瀏海為傲，總是悉心保養，不遺餘力。這位老太太怎麼什麼都要管？什麼都要插一手？這怎麼受得了？太麻煩了吧！但誰也沒辦法違抗外婆。當木蘭從浴室出來——當然還是頂著滿頭油膩膩的頭髮——一碗熱騰騰的粥已經放在餐桌上，薑茶則還在爐子上煮著。

「過來讓我把一下脈。」

「我心臟又沒問題，幹嘛把脈？」木蘭心下一驚，推拒著。

「中醫把脈是在瞭解一個人整體的健康狀況，不是跟心臟有什麼關係。」外婆伸指，分別在木蘭左手及右手腕三處不同的地方探測把脈，屏氣凝神，低頭沉思。木蘭一動也不敢動，甚至連大氣也不敢喘一口。

終於，外婆作出了她的診斷：「果然不出我所料，因為環境改變，加上時差，妳身體的抵抗力明顯降低，我們稱之為『水土不服』。因為抵抗力變差，所以很容易被感染，妳路上所受到的風寒，便趁機鑽進了體內。不過沒關係，這都有辦法解決。我們等會兒去中藥店讓他們配幾副草藥，我幫妳熬成湯，喝下去就沒事了。」

雖然木蘭覺得，她的感冒九成是因為到處都開得太強的冷氣所致，但卻不能不表示她的佩服之意：「外婆，妳怎麼什麼都知道啊？」

「我曾經是赤腳醫生。」外婆不無驕傲地回答。

木蘭心中再度升起個大問號，不確定自己是否真聽懂了外婆的意思；眼光不由自主地飄向外婆穿著黑色布鞋的雙腳。老太太注意到外孫女的困惑，開始進一步解釋。

「六〇年代末期，在我下鄉之前，曾經接受過赤腳醫生的訓練，學習傳統中醫的基本原理和治療方法。毛主席希望我們能跟農民學習，同時也要求我們要對農民有所貢獻。我當時被派往東北，離開家鄉十萬八千里。那邊的人非常貧窮，完全沒有醫藥，但透過草藥、針灸及營養的管理，農民的健康及體力多少都得到了一些照顧。除此之外，我也會包紮傷口及幫忙接生。」

幸好我沒有這些需要！木蘭愈聽愈驚嘆，這位外婆真是深不可測，太有意思了。

「以前受的這些訓練，現在又變得有用起來，」外婆繼續發表感想，「當年在毛主席的領導下，黨會照顧所有的百姓，包括退休的老人。但現在一切只講營利，退休了就沒有醫療保險，受害最大的就是像我們這些沒有多少養老金的老人；所以我們都自立自強，試著盡可能保持健康。」

木蘭一邊聽外婆細數當年，一邊小口小口喝著粥。這種好消化的早餐，熱熱的滑下乾澀的喉嚨，感覺還挺好的，不像在德國，身體不舒服的時候就喝麥片糊，吃著就讓人覺得病懨懨的。

「等妳喝完，我們就出發，但不准穿著這件露肚臍的小衫。我絕對不是什麼老古板，但照傳統中醫的說法，誰都知道肚子保暖最重要，尤其是身體抵抗力已經減弱的時候。」

木蘭覺得自己快要爆發了。這些永無止盡的規矩，怎麼受得了？簡直比在家的時候還要嚴重！但她也希望盡快擺脫感冒的不適，於是一言不發地套上一件襯衫，在腰上打個結，乖乖跟在外婆後面。

在穿越小區的路上，外婆告訴了所有碰到的鄰居，她這位外國來的孫女感冒了，而她們這會兒正要去藥店抓藥，甚至連大門口的警衛也被告知了這個消息。木蘭真恨不得有個地洞可以鑽進去，但她什麼也不能做，只能一路笑臉迎人地打著招呼。

終於，她們走上了大街，不再屬於外婆「逢人必識」的勢力範圍。街上滿是前來探望病患的人潮，擠在水果攤和各式小吃的前面，購買要帶去醫院的吃食。有些家屬乾脆把病人直接帶出了醫院，所以小吃攤上隨處可見穿著睡衣，大啖麵條和餃子的病人。顯然中國人都擔心家人在醫院裡吃不飽；但木蘭也已經知道，吃飯這件事在中國，不只是填飽肚子而已，更多是在聯繫感情，維護關係。

藥房就在一轉角，店內寬敞陰涼，充滿了濃重的藥草味。店裡一分為二，一邊是木蘭熟悉的西藥部，各式各樣的盒裝西藥，整整齊齊排放在架子上；另一邊則是中藥區，外婆一進門就逕自朝該部門走去。木蘭反正聽不懂那些「深奧」的中文，所以就在外婆跟藥師描述她的症狀並討論著該如何配藥時，仔細觀察著四周的環境：整個中藥區其實就是佔著一整面牆的一個大櫃子，大櫃子上粗估至少有兩百個抽屜左右，每個抽屜上都有幾個她看不懂的中文字。

這時，兩位專家對要配什麼藥，已經達成了共識。只見藥師站在那面有兩百多個抽屜的巨大藥櫃前，熟練地從不同的抽屜裡拿出不同的藥材、秤重、再分放到鋪好在櫃台上，一張張四方的白紙上。這帖針對她感冒所開的個人處方，大部分的東西看起來都像是植物：曬乾的花瓣、葉子、或是樹根；但是當中也有些是木蘭看了心裡不禁會有點毛毛的不明物。別的不說，光是看到在櫥窗裡展示的海馬乾屍，就已經讓木蘭的忍耐到了極限。所以最好什麼都別問，她反正得把這味湯藥喝下去。當所有的藥材都平均分配完畢，藥師遂將方形的白紙整齊地折成一個個藥包，一共五包。外婆將其放入網兜內，並到櫃台付帳。

「從今天起，我會每天幫妳熬一碗湯藥，喝完就沒事了。」

兩人回到家，木蘭進去房間倒頭就睡。當她再度醒來，只覺滿頭滿臉都是汗。這一覺她至少睡了好幾個鐘頭，因為窗外已是暮色黃昏。木蘭早就察覺到，這裡天黑得比德國早很多，而且太陽下山下得很快，一下子就黑了，就好像有人快速地旋轉燈鈕，把光線一下子調暗了一樣。她聽到外婆在廚房裡忙著，隔著緊閉的廚房門，她聞到一股苦苦的、類似在燃燒皮革的奇怪味道。那一定是外婆的魔法湯藥了。

就在木蘭一邊吸著鼻子，一邊迷迷糊糊從房間裡走出來時，外婆將一碗褐色的湯藥遞到她手中。

「妳現在趁熱把這藥小口小口地喝了。剩下的我已經幫妳裝在保溫瓶裡，睡覺前把它喝完。」外婆嚴峻的語氣，絲毫沒有商量的餘地。

木蘭忍著噁心的感覺，屏住呼吸，小心先嚐了一口。我的天媽老爺啊，這麼苦！木蘭試著在腦海中想像，這喝下去的湯藥如何在她體內大打一場善惡之戰，把她身體裡的寒氣全給催逼出來。這麼苦的藥，一定具有極大的功效！認了吧。木蘭眼睛一閉，心一橫，把藥給喝了；再說到下星期一之前，她一定得能赴試才行。不一會兒表哥也到家了。

「我給妳的手機買了張ＳＩＭ卡。」表哥前腳才剛踏進門就對木蘭大聲宣告，「現在我們可以放心讓妳一個人出門了。如果真迷了路，妳就打電話給我們任何一個人，然後把手機交給出租車的司機，我們會告訴他，怎麼把妳送回家來。」

「Cool！」是木蘭這時候最想對表哥說的，但她就是不知道用中文該怎麼表達。沒辦法，她只好以最簡單的「謝謝」兩個字帶過。

「我還幫妳挑了一組特別便宜的號碼，因為裡面有好幾個『四』。我們中國人不太喜歡『四』這個數字，貴的號碼都是有『八』在裡面，因為一般人都相信『八』能帶來好運。但我想，妳反正不信中國人這一套，所以什麼數字應該都沒有問題；再說又特別便宜。」

又是這種說法，什麼「我們中國人」，一句話就把她給排除在外。木蘭從來就不希望被當成中國人，但現在身在中國，自己卻又會因為被貼上「外國人」的標籤，而不自覺地惱怒起來（雖然「外國人」可以因此省下不少錢！），這種反應連她自己都感到有點驚訝。而且又是碰到這個最麻煩的音節「si」：四聲是數字「四」，三聲卻是要命的「死」！媽媽曾告訴過她，在初學德文的時候，每次講到德文的再見「tschüss」時，總是會想到中文的「去死」，心裡總是覺得怪怪的。

但不管怎麼樣，她都一定要好好稱讚一下表哥的細心和周到：「太棒了，謝謝！你們的死神管不到我的。」她把錢及手機一併交到表哥手裡，好讓他幫忙換SIM卡。

「我先幫妳把我的還有我爸媽的手機號碼輸入，這樣妳隨時就都可以找到我們了。」表哥一邊說，一邊熟練地在她的手機上按著。輸入完畢，木蘭接過表哥遞還給她的手機，偷偷瞄了一眼他的號碼——真的耶，一個「四」也沒有，還有好幾個「八」！難道說，一向表現理性又理智的表哥，其實也還滿迷信的？

受到那麼多的關愛和照顧，木蘭只覺得全身都暖洋洋的。當然，那絕不只是因為喝了外婆為她熬煮的感冒湯藥而已；雖然身在異鄉，但異鄉新家的成員當中，不僅有一位赤腳醫生，還有一位電腦專家！有什麼比這個更幸運的事了？我的中國家人，木蘭不無驕傲地想著。

到了星期天，木蘭的情況已經明顯改善許多。她睡了個大頭覺，很晚才起床，獨自坐在飯桌上吃著她的「早午餐」。早上這一頓不像晚餐，規定了一定要全家一起吃；每個人愛吃什麼、愛什麼時候吃，都各隨己意，當然想喝什麼茶，也就自己去泡上一杯。木蘭是那種如果睡不夠、睡不好，會生「起床氣」的人，所以家裡這種早餐的「規定」對她來說，再合適不過。今天她就決定凡事都要慢慢來，確實休息，明天才能有好的精神去參加語言檢定考試。

「我到外面去繞一圈。」家裡其他人都各自忙著手邊的事，她禮貌地招呼了一聲。外婆顯然已經出門了。木蘭這時想起來，週日是外婆固定參加合唱團的日子。她不想錯過這個機會，決定跟去看看。今天她沒有走一向習慣走的大門出小區，而是由一個小邊門出去，一出去就是和高架道路交錯的多幹線大街。過了一個相當危險的十字路口，木蘭來到了「閘北公園」。想必是因為週日的關係，公園四周好不熱鬧；在入口的地方甚至排著一條長長的人龍，等著買票入園。入園的門票很便宜，木蘭推著十字形轉門入園，一進去就馬上發現，所有的大草坪都可以「被踐踏」！打羽球的、練雜耍的、放風箏的，全都在草地上活動。尤其是那些放風箏的，可不是小朋友在隨便玩玩而已，那是一種近乎世界級冠軍賽的陣仗和架勢；只見各式各樣五彩繽紛的風箏，拖著長長的尾翼，有的甚至透過多條線繩的牽引，在風箏高手熟練巧妙地操控下，於蔚藍的天空中翻騰飛躍，展現美姿。太漂亮了！木蘭看得目不轉睛，捨不得讓眼光離開。

她安步當車，繼續閒晃，就快要繞完那個小池塘的時候，突然聽到遠處傳來陣陣雄壯威武的軍歌聲。在遠方一棵林蔭遮天的大樹下，聚集著一群老年人，在一位指揮的領導下，在一台大型手提式錄放音機的伴奏下，正熱情奔放地唱著進行曲。那一定是外婆和她當年的同志們了。木蘭遠遠站著，以免被外婆發現。但她其實一點也不用擔心，外婆站在第一排，雙眼緊盯著指揮女同志大力揮動的雙手，正使盡全力地放聲高歌。合唱團的團員大多是女士，都穿著和外婆類似的衣服：毛裝外套和黑長褲。

木蘭不需要聽懂太多歌詞，就可以明白什麼叫作「紅歌」。在這些歌的歌詞裡，不管怎麼樣，都有跟紅色相關的東西：太陽、東方、火熱的心——當然是為了偉大的毛主席而跳動。顯然這都是在文化大革命時代，也就是當這些老先生老太太都還年輕的時候，所唱的歌曲。至於現在重新再唱，是要堅定政治理念，還是要緬懷過去，一點都不重要；對他們來說，能聚在一起引吭高歌，就像是重返青春的一種靈丹妙藥。只見他們忘情地唱著，專注而神往，一點也不在意有沒有聽眾。

木蘭聽了一會兒，便又悄悄離開。對她來說，剛才那一幕，就像是回顧了一頁歷史一樣。

媽媽寫信來？

外婆苦澀的湯藥真的發揮了功效。星期一木蘭的語言檢定考，不論是口試還是筆試，都差強人意地應付了過去。木蘭的語言學校位在上海靜安區的巨鹿路上，一條沿街種滿了法國梧桐的小街道。木蘭只需搭上一號地鐵，下車後再走一小段路就可抵達。檢定考試後沒兩天，木蘭坐在語言學校教學組組長的辦公桌前。

「麥哈特小姐，我們該把妳分到哪一班才好呢？」年輕的教學組組長說得一口漂亮流利的德文。「妳的聽力不錯，中文的表達能力也還算可以，但是妳閱讀和寫作的能力，就真的是不行了。我很瞭解妳這種狀況，妳就是屬於那種典型異國婚姻，但是在非中文語言環境下長大的孩子。」

木蘭沉默不語。既然她對情況這麼瞭解，那自己也就不用再多費唇舌去解釋，為什麼她的德文和中文會差那麼多了。

「初級班對妳來說太簡單，但進階班會用到很多中文字，恐怕又會造成困擾。幸好我們還有幾位同學，情況也跟妳類似，所以我們打算另外再開一個小班，最多就五個學生，課程會完全針對你們的特殊需要而設計。一星期上課五天，每天三小時。來，這是妳的課表，麥哈特小姐，下星期一上午九點開始上課！」

木蘭走出學校，再度置身街頭。沒有幾天就要開學了，今天所剩的自由時間，她可沒興趣又待在家裡跟外婆大眼瞪小眼的；木蘭決定要好好把握，獨自享受一下。順著巨鹿路一路晃下去，沿街都是餐館、酒吧、咖啡廳和各式各樣的小店。有一家小吃店，路人可以透過櫥窗看到一位繫著圍裙的師傅，在一張灑滿麵粉的桌上桿著極薄的圓形麵皮，然後隨手丟給站在他身旁的女士，那位女士則以極熟練的手法，用麵皮包住混著作料的絞肉餡，將其捏成一個個小圓彈子，然後每六個小圓彈子會放在一個用竹子編成的小籃子裡，竹籃子再依次放到一個大櫃子裡去蒸。木蘭看得食指大動。她該不該一個人去試試？去吧、去吧，木蘭鼓勵著自己。就算出糗了又怎樣？這裡又沒人認識妳！

在點菜及付帳的櫃台上，坐著一位太太，眼露詢問地看著木蘭。那道菜的名字明明就寫在牆上，但她卻不認得那些字啊，是要怎麼點呢？

「那個，」木蘭指指在櫥窗後面工作的兩個人，「一個。」

「小籠包啊？」

好，又學一樣。原來這道菜叫「小龍的包包」；給龍吃的食物，正對她的胃口。重要的東西在學校裡總是學不到，向來如此。木蘭付了帳，手裡被塞進一張小紙條，店裡的客人東挪西移，友善地騰了一個位子給她，木蘭遂拉過一個板凳，就著一張桌子坐下。她的那份小籠包送上來了。「小心燙！」

木蘭用筷子夾起一顆，在一個小碟子裡沾了沾醬油，滿心歡喜地一口咬下去。說時遲那時快，一道香濃熱騰的湯汁直噴入嘴裡，並濺得身上都是油點。這是怎麼一回事？她親眼看到這東西是怎麼包起來的，哪兒跑來這麼多湯汁？

「妳是第一次吃小籠湯包，對吧？」四周圍坐著的客人都笑開了。木蘭窘得滿臉通紅。她在這裡不只是文盲，她連東西要怎麼吃都吃不對。

同桌的一位示範給她看：「注意了，要這樣吃。」他小心翼翼地先在包子皮上咬破一個小洞，讓裡面的熱氣散出來一些，然後大口一吸，把包子內的湯汁先吸乾，最後才將包子連皮帶餡兒吃進嘴裡。

「包子裡面的汁是最棒的。」他油亮亮的嘴唇，笑得彎彎的。

木蘭依樣畫葫蘆，第二次的表現就好多了；全桌的人都為她的「進步」高興。當然，接下來就不可避免地又盤問起她的祖宗八代。在對一群陌生人講述她的人生之前，木蘭盡快吃完了她蒸籠裡的東西，離開了小店。但有一點她很確定，還會經常再回來吃的。

下一個她想去的地方，是位在黃浦江畔氣勢雄偉的外灘，搭公交車只要幾站就到。在上海，木蘭很快就學會了如何在擁擠不堪的人潮中讓自己不受到「排擠」；在洶湧的人潮中，基本上需要多看兩眼，才能發現到她與其他人的不同。但這裡的人隨時都在趕時間，沒有人會多看木蘭兩眼，所以她也就享受不到身為老外，可能會被「禮讓」多一點空間的特權。身體手肘的碰撞，時有發生。但木蘭也已經學會了保護自己，如果有人欺身太近，她馬上就會反擊回去。

木蘭從人行隧道中穿出，走上豔陽高照的河岸，她不由自主地深吸了一口氣。這裡不像那些狹窄的巷道，因為空調排出的廢氣，溫度飆升得特高，根本無法自然呼吸。雖然高溫難耐，水面上仍有清風拂面。寬闊的黃浦江在這裡優雅地轉了一個彎，將上海市一分為二：河的西岸稱為浦西，矗立著租界時代所建的銀行及商號，歷史建築個個氣勢雄偉；河的東岸是浦東，呈現的則是上海最現代的一面，摩天大樓聳立，設計新穎大膽：有著金字塔形尖頂的「金茂大廈」、看起來像似一個巨型開瓶器的「上海環球金融中心」，還有全世界第二高的「上海中心大廈」，以旋轉之姿直入雲霄，將周圍的樓房遠遠拋在腳下。在這三棟建築的旁邊，是東方明珠廣播電視塔，看起來就像是由玩具積木一塊塊堆起來的一樣。黃浦江也不只是一條河而已，它還肩負著水路運輸和生活空間的功能。木蘭靠在碼頭的石牆上，入迷地看著江上的熱鬧風光：郵輪和客輪，渡船和貨船，舢舨和水上人家……大小來往的船隻，讓壯闊的外灘景致，持續變換，永不停格。

在熙來攘往的河岸大道上，木蘭慶幸自己沒有生著一張西方的臉孔。所有的外國觀光客都被兜售紀念品的小販包圍著、推擠著，但沒有人來騷擾她。只有一對中國情侶，希望她能將浦東的未來世界當做背景，幫他們照一張相，木蘭欣然答應。這裡顯然是熱戀中人的理想世界，一對對情侶依偎在河岸的石牆上，大方地親吻或擁抱，眼中只有彼此。他們顯然不是因為外灘的風景而來。在誰都認識誰的小區住了幾天，木蘭已經很知道並且很理解，為什麼相戀的人會在大庭廣眾之下尋求隱私。因為唯有在這裡，他們不用擔心會被認出，會被鄰居捕風捉影的流言所擾。顯然在上海，只有在人群中才能找到真正獨處的空間。

她沿著林蔭大道繼續往下閒晃，不久即來到一個小公園，園內碧草如茵，鋪著細石子路，還有一座音樂涼亭。這裡人潮較少，木蘭找到一張可以遠眺河面景致的石凳坐下。太難得了，在擾攘喧囂的大上海，竟然能有這麼一個靜謐之地，可以讓人極目四望，馳騁思緒。

在碼頭碰到的那對情侶，始終在她腦海中揮之不去。木蘭沒有男朋友，只有一個從小一起長大，像哥兒們一樣可以信任的鄰家男孩馬堤。他們雖然青梅竹馬，但也僅止於此；和馬堤太熟了，缺少戀人之間那種心底的騷動、好奇、緊張，及想要親近對方的渴望，他們迸不出火花。

但對木蘭有興趣的男生可不少，不管是在她班上還是在運動社團裡。甚至也有成年男子，會不時將目光停留在她的身上。木蘭很清楚，當她用手將自己那頭烏黑亮麗的長髮往後一撩，雙眼帶著桀傲，從她那整齊的瀏海下望出去；或是當她穿上迷你短裙，讓自己那雙長腿顯得更加修長時，會吸引多少男人的注目。木蘭知道，自己長得好看。但對那些男人的目光，她感覺並不舒服。因為她知道，那些目光只是受到她一半東方血統的外貌所吸引，而不是受到木蘭這個女孩所吸引，這個始終在抗拒著自己另一半東方血統的女孩。但不管怎麼樣，她多希望也能站在外灘的碼頭上，不是一個人，而是兩個人。

一艘拖曳船領著一長串貨運駁船，嘟嘟嘟地駛過眼前，將木蘭拉回到現實。太陽正以無比紅豔之姿，在西方落下。一顆金紅的火球在摩天大樓間緩緩下沉，看起來雖然浪漫無比，但木蘭知道，夕陽如此紅豔，其實是拜空氣污染所賜。空氣愈不好陽光照射的效果反而愈好。原來骯髒的東西也可以那麼美麗，木蘭心中感嘆著。她再度深吸了一口氣，轉身投入了正在返家的洶湧人潮中。

木蘭和大家並肩坐在飯桌上，準備用餐；舅媽遞給她一個鑲著紅藍條紋的航空信封。

「妳的信，今天到的。」

「謝謝。」木蘭不可置信地翻看著手中那個貼著德國花花郵票的「古董」。寄

媽媽寫信來？

信人是媽媽的名字。她如果有話要說，為什麼不寫E-Mail？如果發生了什麼事，為什麼不用Skype告訴她？竟然用寫信的？拜託那是什麼上個世紀的方式啊！所有的人都充滿期待地看著木蘭。但要她在眾目睽睽之下打開信封，滿足這一大家子的好奇心，免談。就算是隔著信封，木蘭也能預測到這信裡的內容，只跟她們母女兩人有關。她將信放到飯碗的旁邊。

不談信的內容，每日生活問答篇木蘭還是不能倖免：妳今天做什麼了？語言學校怎麼樣？當然，外婆一定要知道她中午在哪裡吃的？吃了什麼？體驗小籠包的經歷，讓外婆也不得不給個微笑，以示讚賞；但她也馬上就給了木蘭一個提醒，以示警告：「在外面吃飯，記得只能用包裝好的免洗筷子，那些插在桌上筷子桶裡的千萬別用；最好是妳隨身帶著一雙自己的筷子，以備萬一。」

這倒還真是個好主意，而且既不是孔老夫子的意見，也不是毛澤東的主張。但若說這兩個人之中，曾經有一個對筷子的衛生問題表示過意見，木蘭覺得是很有可能的。

回到房間，木蘭反覆翻弄著手裡的信封，心裡糾結著不知要不要打開。她不想讓媽媽那些叮嚀管教又一直追到中國來，不想把好不容易到手的一點自由空間，就這麼輕易放棄。再說，她們倆之間還有舊帳沒算完。木蘭擔心，媽媽在信中會重提引爆她們之間關係的那件事，那件她事後自己也不覺得光彩的事。

她盯著手裡的信封，寄件人是：紅梅・林－麥哈特（Hongmei Lin-Meinhard）。媽媽很少用她的中文名字「紅梅」，通常都是用她的德國名字「麥珂」（Meike）。「誰會喜歡被叫作『紅色的梅子』？」媽媽有一次跟木蘭說。「『紅梅』聽起來其實很富詩意，代表在冬天盛開的梅花，可能是紅色的，也可能是粉紅色的；梅花盛開同時也表示春天馬上就要到了。但妳外婆可沒那麼詩意，身為毛澤東忠實的追隨者，『紅梅盛開』是一個口號，是一種政治上的象徵意義。因為在共產黨處境最艱困的時候，毛澤東曾寫過一首關於梅花的詩，承諾老百姓社會主義的春天即將來到。」媽媽顯然也不喜歡自己的名字，木蘭非常可以體會那種心情。

她將信封翻回正面，收件人的名字是用中文的方式書寫的：林木蘭；姓在前，名在後。木蘭多希望自己可以叫做安娜或是蓮娜，甚至叫茉莉都行。但爸爸媽媽卻偏偏給她取了這麼個「要命」的名字，害她不管走到哪裡，都會馬上被人注意，被人議論——好像她的長相還不夠引起話題似的。其實「木蘭」（Magnolie）是一種很漂亮的植物，但在德國沒有人認識這種植物，大家一聽到這個名字，馬上想到的就是迪士尼改編自中國民間故事的那部電影《木蘭》。劇中的女主角代父從軍，捍衛家園，成為家喻戶曉的英雄。小時候木蘭覺得這個名字很棒，她常常自己高唱著電影中的歌曲《男子漢》，揮舞著手裡假想的寶劍，英勇地與匈奴對抗。但隨著年齡漸增，她只想當一個平凡的女孩，一個普通的德國女孩；於是，因為這個名字所帶來的尷尬與不愉快，就不可避免了。學校裡的同學馬上就給她取了個綽號：「喂，『木雞』，幫我背一下書包吧？」更惡毒一點的，甚至也會叫她「小眼睛的」，或是「吃狗肉的」。

是的，每個名字的背後，都藏著母親的期待和必須背負的擔子，不是那麼輕易就擺脫得掉。現在，還來了這麼一封信！如果是電子郵件，不點開它就是；如果是手機或電腦，關機就是；但這封信，是以一種她完全陌生的形式出現在眼前，挑戰著她的反應，信封上那紅藍相間的線條鑲邊，更加重了它的份量。木蘭的內心交戰著，看還是不看？忍受想家之苦還是接受家信的撫慰？最後，好奇心還是戰勝了一切。她撕開信封，展讀那兩張淺藍色的信紙，信紙發出一陣沙沙沙的聲音——航空信紙的聲音：

慕尼黑，八月二十六日

親愛的木蘭，我的小龍女，

妳一定覺得很奇怪，我怎麼會寫信給妳？一封真正用筆寫在信紙上的信！這種老掉牙的通訊方式，想必很讓妳受不了，對吧？我當然知道，我們可以用更便捷的方式聯絡，我也非常高興能收到妳的Email，知道妳一切安好；然後再透過Skype視訊，確定妳真的一切安好，並且充滿了信心與活力。這對一個母親來說，非常重要。

但是用筆寫信的方式，可以讓我有更多的時間思考，如何確切表達我的想法。畢竟德文不是我的母語，而我想藉由寫信告訴妳的事，並不是那麼容易可以說得清楚，否則我早就跟妳談過了。但首先我想要說的是，雖然我們最近常有衝突，不管是誰惹誰不高興，這個家現在少了妳，突然變得好冷清！老實說我其實很高興，那個伶牙俐齒的小龍女，現在不能馬上就回嘴反駁我——這也是寫信的另一個好處。我想像著，妳就坐在我的對面，我可以不被打斷、心平氣和地跟妳說一些心裡的話。而妳同樣也有更多的時間，可以去思考我信中的內容；如果想再看一遍的時候，也可以再拿起來，以比較客觀的立場再讀一遍。

我希望經由這次在上海的經驗，可以幫助妳瞭解到自己是什麼樣的人，希望成為什麼樣的人。我知道生活在兩個完全不同的文化中並不容易，我自己就有過切身的經驗。而對妳來說可能又更困難一些，因為那不是妳自己的選擇。身為妳爸爸和我的女兒，不管妳是在德國還是中國，妳的長相都告訴人家，妳有一半的血統是外國的。最近我發現，妳似乎對這個狀況愈來愈難接受。我可以理解，妳只希望當一個平凡的女孩，不想跟別人不同，不想引來好奇的眼光，不想引來一大堆問題。但妳有沒有想過我的感受呢？妳突然就不再說妳的「母語」了，不想再跟我的家鄉有任何關係，妳知道我有多傷心嗎？

當妳爸和我知道懷了寶寶，我們就滿心期待他的到來，決定要以雙語的方式來教育他。我的德文是在成年以後，花了很長的時間，費了很大的力氣才學會的。所以我想，如果能讓我的孩子在一個雙語的環境下長大，對他來說將會是多好的一份禮物。當然，這中間也藏了我的一點私心：終於有人可以用「我的」語言跟我聊天了！剛開始一切都很順利，爸爸跟妳說德文，我則跟妳說中文；兩種語言妳都聽得懂，也都能馬上正確回應。在最初的幾年，當然是我這邊佔了優勢，因為媽媽跟孩子相處的時間，比整天在外工作的爸爸多得多；為什麼會有「母語」一詞，是其來有自的。於是中文成了我們母女倆之間說悄悄話的語言。但隨著時間的過去，我的母語在德文強勢主導的環境下，漸漸沒有了「說話的立場」。當妳在家的時間愈來愈少，當妳逐漸長大有了自己的生活圈子，這個「多學」的語言就變得「多餘」起來，變成了妳的一個負擔。有一天，妳突然就不再說中文了，就只用德文跟我說話了。而我曾一再嘗試，希望妳也能去認識的中文字，更是從一開始就已註定失敗。最後妳竟然還在公眾場合，當著我同胞的面，對此極盡嘲諷，實在是讓我非常痛心。

這次去上海，我希望妳能把中國當成是妳出身的一部分，是為了妳自己去認識它，而不是因為被我強迫所致。當然最重要的，是終於去認識妳的中國家人。

想想也覺得好笑，竟然是我一個中國人，在用德文跟妳寫信，以防止妳在全中文的環境下，不要忘記了妳的「父語」?! ☺

好吧，我想今天夠了。請替我問候妳舅舅和舅媽，當然還有我的母親及我至今尚未謀面的外甥。謝謝他們收留妳。

給妳一個大大的擁抱
愛妳的爸爸和媽媽

這是怎樣啊？木蘭覺得好像被敲了一記悶棍。她的第一個反應是生氣：老媽一定要這樣嗎？隔著十萬八千里的還要來煩她？難道她現在變成老媽吐苦水的對象了？木蘭看了一下寫信的日期，是七天前寫的。媽媽一定是在她才剛上飛機就坐下來寫了這封信。

沒錯，最近她們母女的關係是相當緊張，因為除了那些家有青少年，一定會跟父母起的爭執外，她和媽媽之間還出現了一個「文化鴻溝」；所以和班上其他同學比起來，木蘭還多了一場「文化仗」要打！媽媽逼她一定要學中文，讓木蘭簡直快要捉狂。為什麼她就不能明白，學校的課業已經夠重了，下午的時間她希望能跟好友們一起度過，而不是去學一個對她一點用處也沒有的語言，既無助於提高學校的成績，也得不到同學的讚賞。

而最最讓人厭惡的，就是星期六要去上的中文學校。當其他的同學都在享受週末假日時光，只有她必須和那些方塊字奮戰，還要背那些無聊的中文詩。為了學習這些東西，媽媽每週六都專程開車送她到慕尼黑去上課，下課後再去接她回家。木蘭覺得中文學校的老師專制、同學無聊，她不知道已經跟媽媽說過多少次，自己沒有興趣再到中文學校去了；那些什麼要知道中國是自己的根啦，人不可以忘本啦等等說法，拜託都省了吧。

碰到跟中文有關的事，爸爸其實一直都是她忠實的盟友。身為丈夫，他從來就沒有認真想過要學自己妻子的語言。每當木蘭不想練習寫漢字，只要跟爸爸抱怨一下，訴訴苦，他就會馬上挺身而出，為女兒說話：「好啦，別再折磨孩子了，她家庭作業已經夠多的了。」於是這一回合是二比一。但到了晚餐桌上，下一個回合的較勁會再次展開，媽媽和女兒都想把葛雷歐爸爸拉到自己這一邊來；而拉鋸戰到了最後，多半是爸爸媽媽爭執不下，木蘭默默退回自己房間。就這樣，小小家庭氣氛變得日益緊張，感覺衝突隨觸即發。終於，在那個決定性的星期六，木蘭站在中文學校的大廳，當著所有家長的面，對著母親大聲宣告，她再也不要來這間爛學校！情緒爆發了，「戰事」也爆發了。

父母組成了「戰事協調委員會」，爸爸發布最後宣言：他再也受不了他的兩個女人永無休止的爭吵！木蘭如果不願意在德國上週六的中文課，那就到中國去上三個月的語言課。青春期的女兒必須離家一段日子。

木蘭一開始覺得很受傷，很不被瞭解。最親愛的老爸怎麼可以就這樣把我送走？但漸漸她發現，這個替代方案其實深具魅力，是她能脫離老媽纏鬥不休的最佳機會。真實的中國絕對比那所爛學校有趣，不用背負老媽的期望和責任，單純自己去經歷一場中國的大冒險！到上海這麼一個頂尖的城市三個月，她的姊妹淘們可會羨慕死。當然，作父母的不會任由她為所欲為，不去慕尼黑中文學校的代價，就是到上海去讀三個月的語言學校，並且由她的中國家人接管。

當她的視線再度落到那個笑臉上，木蘭覺得心中軟軟的、酸酸的，她必須使勁嚥著口水，以免想家的情緒噎住了喉頭。木蘭大力地將信紙折疊起來，放回信封。至少媽媽並沒有要她回信的意思。

木蘭下定決心，絕不讓任何事情破壞自己在上海的日子。

天啊！中國的學校
要上課九小時

「你可以帶我去你的學校看看嗎?」木蘭問表哥。正常的情況下,她是不會自願去那種地方的,但她對中國學校實在感到好奇,很想知道中國學生一天在學校是怎麼度過的。

「那我們最好在妳語言班還沒開課前去。我先問問看可不可以,但妳要有心理準備,很早就得起床喔。我們七點半就開始上課了,所以六點四十五分要出門,四點半放學。」

也就是說,天啊,九個小時耶!木蘭瞪大了眼睛看著表哥。「你不是開玩笑吧?比一天上班的時間還長!」

「那是你們德國上班的時間,」表哥反駁回去,「不過我們中午有兩個小時的休息,大家到食堂吃飯,然後可以睡個午覺或打打球什麼的。」

在學校睡覺?這麼熱中午還打球?

表哥看到木蘭不可置信的眼光,便接著說道:「難道妳還沒發現,中國人不管什麼樣的姿勢都能睡覺嗎?就連站在地鐵裡都行,那更不用說枕著手臂趴在桌上睡了。」

又是一種中國人特有的能力,而顯然她沒遺傳到,就像大聲把麵條吸進嘴裡一樣。

到了約好的星期五。木蘭雖然已經把時差調過來了，但還是撥好了鬧鐘，以防萬一。就在鬧鐘剛一響起，木蘭已經一個箭步衝進浴室。家裡其他的人都是照中國的習慣晚上睡覺前洗澡，所以早上不用擔心會有人跟她搶浴室。木蘭梳洗完畢出來，看見表哥已經站在餐桌前，正大口咬著一個熱饅頭。他穿著學校的制服：灰長褲（學校禁止穿牛仔褲）、白襯衫，因為天熱，襯衫搭在外面，沒有塞進褲子裡。另外還有一件繡著校徽的外套，但在這種氣溫下，自然是派不上用場。表哥背著一個時尚潮包，上學要用的東西全都裝在裡頭。木蘭只帶了一瓶水和她的ＭＰ３隨身聽，這樣在她感到無聊的時候，就可以隨時藉音樂與外界隔絕。

木蘭一直以為，她搭乘過的地鐵已經是很擁擠的了，但現在她才知道，那根本不算什麼。到今天她也終於明白，為什麼在所有地鐵站的軌道與月台之間，會立有一道跟地鐵門一般高的玻璃門，而這道門是在地鐵班車進站以後，才會自動向兩邊打開。原來這樣的設計，是為了防止站在月台邊上的旅客，不會被後面的人潮給推擠到軌道上去！這也太離譜了吧。

地鐵進站了。木蘭讓自己隨著人潮和表哥一起擠進車廂，當兩人被愈擠愈遠時，表哥朝她高喊了一聲：「到人民廣場換車！」木蘭高舉豎起的大拇指，表示她聽懂了。

尖峰時間，巨大無比的地鐵站內人潮洶湧，萬頭鑽動。表哥一馬當先，堅定不移地帶頭衝鋒，為她在人群中殺出一條血路；木蘭緊跟在後，不敢遲疑——就為了擠進另一班同樣塞爆的地鐵。終於，他們在一個新開發的社區冒出了地面。占地遼闊的校園遙遙在望，成群結隊的學生，一波波朝著嵌著大玻璃的現代建築魚貫走去。木蘭現在也看到了女學生的制服：灰色的百褶裙和白色的短袖襯衫。但她也發現，女孩子們總是能藉著一些流行的配飾，讓稍嫌單調的素色制服，顯得生動活潑。譬如穿一件鮮豔的粉紅色緊身背心在白襯衫下面、頭上綁一根搶眼的髮帶、腳上穿一雙有條紋的短襪、或在背包上掛一個來回晃動的可愛動物吊飾。

所有的學生都朝操場的方向走去；操場上豎立著一根旗桿，旗桿上飄揚著一面帶著幾顆黃星的紅旗。「噢，對了，」表哥將她從「時尚觀察」中拉回來，「今天是星期五，下課後還有降旗典禮。我們每個星期一上午舉行升旗典禮，星期五下午再把旗子降下來。喏，這個先幫我拿一下。」表哥將背包塞到她手裡。「現在是早操時間。」他眨了眨眼睛，似乎覺得有點丟臉。

學生們整齊地排列在操場上，每排的最前面都站著一位老師，面對著學生，顯然是帶領做操的。接著擴音機中就傳來廣播。

「同學們，早上好！我們現在開始！」一個聲音問候過大家，進行曲的前奏就接著響起。散漫的群眾開始動作，先是原地踏步，然後就跟著進行曲的旋律或伸展、或挺直、或彎腰、或跳躍。

「一、二、三、四、五、六、七、八……」大家一邊做一邊大聲數到八，然後第二遍是以二開頭數到八，第三遍則以三開頭數到八，以此類推。看著看著木蘭也就搞懂了其中的規則，學生們每八次數到八後，就換下一個體操的動作。所有的人跟著做，沒有一個混水摸魚的。這樣做了差不多十五分鐘，原本還沒睡醒的也全都精神抖擻了。早操完畢，學子們都朝教室大樓走去，準備上課。學生三兩成群，聒噪不休，一路互相推擠、打鬧、嘻笑，跟在德國學校沒什麼兩樣。因為這是一所高中，所以學生的年齡是在十五到十八歲之間，相當於德國義務教育的後三年。表哥曾經告訴過她，高中是中國十二年教育制度的最後三年，高中畢業後如果想要讀大學，就要面臨大學入學考試，也就是高考的超級大難關。

表哥和木蘭在操場邊碰面。她非常驚訝地發現，在那麼大的太陽底下做完早操，表哥竟然沒有流一滴汗？這又是一樣她很遺憾沒有遺傳到的中國特有體質；光站著沒動，她胳肢窩下的Ｔ恤都汗濕出兩個圓印子。

「現在有兩個小時的英文課。」表哥一邊說一邊帶著她通過一條條長長的走道，向教室走去。

「嘿，小虎，那就是你表妹嗎？」一個同學問他，表哥點點頭。她看起來真的比表哥年輕，像表哥的「妹妹」嗎？中國親戚之間稱謂十分複雜，但只要一叫出來，就可確知彼此之間的關係，甚至在家族之中的地位。德文「Schwester」這個字表示「姊妹」，但沒有分是姊還是妹；就像「Bruder」一樣，表示「兄弟」，但不知是兄還是弟。所以說的時候一定要加上「大」或「小」才清楚：像她是他的「小－表－Schwester」；而他是她的「大－表－Bruder」。

這還是木蘭第一次聽到有人叫她表哥的名字——小虎。按照中國的屬相，表哥是在虎年出生的，而她則是在龍年，所以比她大兩歲。中國人習慣問屬相不問年齡，因為用這種方式很容易就可以算出一個人的歲數。小虎表哥的父母至少沒有像外婆那一輩的人一樣，總喜歡用一個政治上的期許來給孩子命名。木蘭那可憐的舅舅叫做「建國」，他這一輩子就都得背負著這個父母給他的重擔——建設偉大的祖國。這樣說起來，叫「紅梅」其實還不算太尷尬。幸好在中國社會，親人之間不是直呼其名，而是以在家族中的關係作為稱謂。稱謂一定，一個人在家裡的身份地位也就定了。

「這是木蘭，來自德國慕尼黑。」表哥將她介紹給班上同學，木蘭馬上就感受到來自四面八方，肆無忌憚的眼光。

木蘭環視置身的教室，很驚訝自己所看到的景象。每個座位上都裝置了一台電腦，教室前方則是最新型可以互動教學的數位白板。沒有會搞得滿室生灰的粉筆，也沒有已滿是筆灰的板擦。這檔次是木蘭在德國的學校遠遠望塵莫及的。

當老師走進教室，所有的學生都從位子上站起來，齊聲問候：「老師好！」在木蘭班上，沒有任何人會站起來跟老師打招呼，那也未免太不cool了。課本和筆記早都已經擺好在桌上，不需老師督促。這裡凡事分秒必爭，就連班上來了位旁聽的訪客，老師也只是簡短帶過，就馬上開始檢討起回家的英文作業；被問到的同學，誰要是回答錯了，就會被老師當場糾正，然後全班再一起重複一遍正確的句子。木蘭覺得這種教法太像在教小孩子了，學生只是照本宣科，根本沒有自由練習說話的機會。

接下來是在電腦上做習題，老師可以隨時從他的主機上監控所有的學生。木蘭越過肩膀看著表哥的電腦螢幕，甚至還提醒他做錯的一個地方。英文是木蘭拿手的科目之一，所以課堂上的進度她都跟得上；不像接下來的兩堂數學，上課內容根本就是鴨子聽雷；用中文上代數，遠遠超過了她的能力所及。木蘭於是戴上耳機，躲進她的音樂世界。

看著時鐘的指針逐漸向前移動，木蘭終於盼到它走到了十一點五十五分，下課鈴聲大作。幸好中國人十二點都要準時午餐，從無例外。

表哥給了她一張飯卡，兩人拿著拖盤站在自助餐櫃前，他跟木蘭說：「面前的菜妳想吃什麼都可以拿。除此之外，每個人還有一碗飯、一碗湯和一杯優酪乳當作飯後甜點。」

「不賴嘛。」木蘭讚賞地說，遂拿了一隻雞腿、一份辣豆腐和一種不知名的葉菜類蔬菜放在自己的拖盤上。

用餐大廳中座無虛席，人聲鼎沸，他們好不容易找到兩個空位子坐下，木蘭終於可以問表哥那個困擾了她一上午的問題。

「欸，這裡一切都好現代化，是所有的中國學校都這樣嗎？」

「當然不是。這是一所私立高中，學費非常貴。但念這種學校，將來考上大學的機率，也就是通過為期一週高考的機率，相對較高。高考的成績直接決定所念的大學及科系；在中國，不管是父母還是祖父母，都是竭盡全力，希望給孩子一個最好的未來。所以來自家裡的壓力，往往也是最大。」

「瞭解。」木蘭很可以想像。這些因為一胎化而被稱為「小皇帝」的獨生子們，雖然集三千寵愛於一身，但也集三千壓力於一身。她一點兒也不羨慕他們。

兩人身邊的位子漸漸空了出來，表哥班上幾位同學便過來跟他們一起坐，並利用這個機會詢問木蘭關於德國的教育制度：在德國學校都學習什麼外語？有中文課嗎？可以自己選擇想念的科系嗎？德國大學要學費嗎？木蘭試著盡量去回答所有的問題，碰到講不出來的時候，表哥也會幫她補充一下。好在過了一會兒，大家的興趣就轉移到了她的 iPod 上，查看著彼此的播放清單；在這一方面，顯然中德沒有太大的差別。

「嘿，妳有『魔力紅』（Maroon 5）最新的單曲耶，可以寄給我嗎？」表哥班上的一個女同學央求木蘭。每個人都擁有最好的電子產品，都能隨時上網；很快地，一群人就熱烈地透過藍芽你來我往，互通有無。

利用剩下的午休時間，表哥帶木蘭到占地極廣的校區到處看看。雖然正午豔陽高照，運動場上的籃球架下，衝鋒陷陣你爭我奪的人還真不少；排球場上也有比賽正在舉行。樹蔭下許多學生以背包當枕頭，就地而眠。女孩子們手挽著手在校園內散步，男孩子們也很自然地勾肩搭背閒晃溜達。這種情況若是出現在木蘭的學校，早就不知會引起多少尖酸惡毒的流言，但在這裡好像一點問題也沒有。

下午的課程繼續，先是什麼公民課，老師詳細講述了中華人民共和國的憲法機構。然後是物理課，木蘭最喜歡的科目之一，但完全不知所云。上課的方式還是只單向教學，老師講什麼，學生同聲複述一遍，無聊至極。最有趣的反倒是課堂與課堂間休息時所做的眼部運動，每個學生按摩自己的眉毛及顴骨，轉動眼珠看向四面八方，並指壓眼睛周圍的相關穴道。這個舒緩眼部的運動，每個學生都自動自發在下課的時候做，沒有任何抱怨。更神奇的是，做完這個運動，真的可以提振精神，讓人感到眼睛一亮。木蘭決定要跟表哥再好好學習一下，她要將這個眼部運動「引進」德國學校去。

又到了去操場集合的時間。全校學生再度整齊地站成一排一排，這次全部面向升旗台，大聲唱著國歌，只見五星旗在振奮人心的歌聲中緩緩降下。木蘭只聽懂了其中兩個一直不斷重複的詞，「起來」和「前進」，兩個她也正希望能這麼做的口號：起來，前進，盡快離開這裡！世界各地的學校相信都差不了太多，但今天她在這裡看到的刻板教學和那些軍事化的管理，讓她對自己那所原本討厭的德國學校，有了另一種看待的眼光。現在是下班時間，至少還要花四十五分鐘才可能回到家。但對表哥來說，他這一天的學習還沒有結束，吃過晚飯還有一大堆功課要做。木蘭說什麼也不願意跟他交換位置。

希望我的語言學校不要像這樣才好。木蘭心裡不無擔心地想。

到KTV唱紅歌

星期天讓原本上緊發條的日常腳步放慢了下來。全家都先睡飽了再說；當然外婆除外。當其他人才剛剛起床，她已經練完氣功回來了。吃早飯的時候，舅舅一邊大聲宣布他的計畫，一邊偷偷瞄了外婆和舅媽一眼：「今天我們要讓家裡的兩位主婦放一天假，而且我們的客人明天就要開始正式去上課了，在那之前，總要好好盡盡地主之誼吧？但今天天氣實在太差了，沒法到郊外去走走，不過ＫＴＶ中午都有特價，你們覺得我們中午先去那邊吃飯，然後再唱一下ＫＴＶ怎麼樣？」說完他轉向外婆：「媽，妳今天就不要去參加老同志的合唱團了，跟我們一起去唱歌吧。」

唱歌？木蘭不可置信地看著身邊的人，但全家似乎都同意這個提議，只有表哥翻了翻白眼，但也沒有提出異議。他看到木蘭疑惑的眼神，遂開口解釋：「ＫＴＶ應該聽過吧？在亞洲那可是全民運動啊。」

「聽是聽過，但從沒唱過。」用一個擴音器唱歌，還配上一個伴唱錄影帶，木蘭絕不會花時間在這種「休閒活動」上，尤其她又是個音癡，一點歌唱細胞也沒有。

外面狂風怒吼外加傾盆大雨，說是有一個颱風正通過中國東海的海面，上海因受外圍環流的影響，所以又是風又是雨的。「這種天連狗都不願意出門。」葛雷歐老爸一定會這麼說。但這裡可沒有人會讓天氣掃了他們出門的興致。小區裡人來人往熱鬧得很，鄰居們腳上穿著塑膠拖鞋，腳下踩著大小水坑，不忘彼此親切招呼。這種天氣撐傘根本沒有用，因為風一下子就會把傘給吹翻，而且雨都是橫掃過來的。僅僅只是走到地鐵站的一小段路，木蘭腳上的涼鞋已經完全泡湯，被雨淋得濕透的T恤，緊緊貼在身上；還好天氣不冷。這種天氣竟然還要出門，怎麼會有這麼無聊的想法？但在地鐵裡，木蘭發現還有很多人都是同樣的想法。好像今天是個適合全家活動的日子一樣，所有的人都興致勃勃。木蘭雖不樂意，但也不想掃大家的興。真是個奇怪的民族，木蘭心中暗想，並決定把自己當成是個人類學研究學者，現在正要去參加某一原住民的特殊慶典儀式。

一進KTV就給人非常富麗堂皇的感覺，它的大廳會讓人誤以為到了一間五星級的酒店。服務台前排著隊，每個人腳邊都有一小灘水。顯然冒雨出門唱歌，不是他們才有的點子。從廳內聚集的人潮可以看出，大部分前來的人是中國典型4－2－1式的家庭，也就是：祖父母四人、父母兩人和一個孩子；當然也有一小群一小群吱吱喳喳的年輕學生。輪到他們的時候，木蘭聽到舅舅要了一間私人包廂，三小時。至少不是在公眾場合，她暗自鬆了一口氣，那即使唱得不好，也就是在自家人面前丟臉了。一位穿著緊身高叉裙的女服務生帶著他們去預訂好的包廂，木蘭看到包廂裡有一套黑色人工塑膠皮的沙發、一張客廳用的長矮桌、點唱機和一個巨大的螢幕。當服務生想要解釋怎麼使用相關設備時，舅舅打斷她：「謝謝不用了，我們知道怎麼用。」

「這些小姐也可以用租的。」表哥一邊悄聲跟木蘭說，一邊頗富深意地看著女服務生那修長的雙腿和腳上的高跟鞋。「晚上這裡另有苗頭，生意人會在這裡宴請賓客。我敢打賭，在這一間間關起門來的包廂裡，絕不是只有唱歌那麼簡單。」顯然這種看似適合全家在假日從事的休閒活動，也有它不可告人的一面。

「我們先吃點東西再說。」舅舅宣布完畢就帶大家到了一個公共區域，那裡擺滿了各式各樣的食物，不論是熱菜、沙拉、湯品或甜點，客人拿了盤子就可隨意取用，服務人員則會隨時補充菜色。這種消費方式叫做「吃到飽」，也是ＫＴＶ招攬客人重要的手法之一。每個人把自己的盤子裝滿後，就拿回包廂享用。舅舅和表哥連拿了兩次菜，又幫大家裝了一大盤水果，可以準備開唱了。每間包廂都有一本巨大的點歌目錄，只要從中找到想唱的歌，再將代碼輸入點唱機即可；每個人好像都知道要點什麼歌，只有木蘭一頭霧水。

外婆一馬當先，熟練地抓過麥克風，引吭高歌起來；木蘭想起了她在閘北公園看到的景象。外婆一邊唱，一邊用穿著濕透黑棉鞋的腳，用力打著拍子。

東方紅，太陽升，
中國出了個毛澤東。
他為人民謀幸福，（呼兒嗨喲）
他是人民的大救星。

這是著名的紅色歌曲《東方紅》的第一段歌詞，對毛澤東極盡歌功頌德；螢幕上出現的也正是滿臉慈愛的毛澤東，對著手裡瘋狂搖晃著毛語錄的小紅衛兵們，親切地揮手致意。木蘭不可置信地和表哥交換了一個眼神。

「老一輩的人特別喜歡唱這類的紅歌。」表哥壓低了嗓門說。

「我知道，上星期我在公園裡看見他們唱了。或許因為那個時候中國年輕，我是說中華人民共和國，而他們也正年輕啊。」木蘭試著同理。

「可不是，回憶容易美化過去，很多事情當人倒回去想，感覺總是比較美好。不過話又說回來，這些年大家對文化大革命的真相，知道的已經越來越多；他們其實應該要正視自己年輕時候的惡行，不該再這樣假裝無辜，假裝沒事一樣。」

年輕時候的惡行是什麼意思？木蘭決定有機會要再向表哥問個清楚。

這時候舅媽接過了麥克風，隨著演唱者的不同，曲風也隨之一變。她選唱了一首顯然已流傳幾代，大家都耳熟能詳的流行歌曲，歌詞中一直不斷提到「愛情」和「我愛你」這幾個字；螢幕上出現的則是一對情侶，在一個浪漫無比的花園裡卿卿我我。接下來又換了一個新場景，舅舅選唱的竟是《一無所有》，中國搖滾樂傳奇歌手崔健最暢銷的歌曲。來到歌曲中的間奏時，他瘋狂地作勢彈奏著手中的一把隱形吉他。

「這首歌當年在天安門廣場上，曾廣為抗議學生傳唱，」舅舅對木蘭說，「崔健也曾親自到場演唱，可惜當時我還太小，無法躬逢其盛。但他的歌對我們那一代的人來說，是非常重要的。」

木蘭不禁想到自己的媽媽。那個時候她在做什麼？她比舅舅大，六四的時候她已經去德國了嗎？想到這裡她才突然意識到，她從來就沒有問過媽媽這一段。但表哥的登場將她拉回了現實。她幾乎不敢相信自己的眼睛和耳朵，那個向來循規蹈矩、舉止合宜的表哥，手裡拿著麥克風，已經搖身變成了一位大膽狂野的嘻哈唱將，正嘶吼著一條由台灣饒舌歌手「熱狗」所寫的辛辣批判之歌。

歌詞的內容木蘭聽得很吃力。台灣不是那個叛變中國、和大陸敵對、實行資本主義、位在台灣海峽另一岸的小島嗎？這裡真的是應有盡有，想唱什麼歌都行。但她沒有時間繼續讚嘆下去，所有人的眼光現在全都集中到她身上，該她上場了。木蘭多希望自己能保持沉默不用出聲，但她又不希望掃大家的興。於是選唱了披頭四的《昨日》（Yesterday），雖然是條老掉牙的歌，但也算是經典曲目，主要是點歌單裡並沒有太多西洋歌曲。當木蘭看到螢幕上隨著旋律，竟然出現了英文歌詞，真是鬆了好一大口氣，不然恐怕在唱完第一小段後，就要穿幫。她怯怯地開口，緊盯著螢幕上的歌詞，一句句幾乎像是用唸的一樣唱了起來——實在是不怎麼高明的表演。但她還是獲得了如雷的掌聲，就像在她之前所有唱過的人一樣。

木蘭終於鬆了一口氣，決定再去拿一次甜點來犒賞自己。在走去自助餐區的過道上，木蘭經過一間間的小包廂，雖然都有隔音裝置，但仍能聽到歡樂的笑聲和走音的歌聲不斷從包廂中傳出。木蘭猜想著，這些人的居住空間想必都極為狹窄，任何動靜都可能影響到鄰居；這裡是少數幾個可以讓人放心大膽一起叫嚷，而不用擔心會打擾到旁人的地方。

三小時很快就過去了，比木蘭想像中快得多。當他們離開ＫＴＶ的時候，外面的風雨已停。到處都在滴著水，濕漉漉的街道在午後驕陽的照射下，變成了不折不扣的蒸氣浴室。他們一行人信步走在巷弄間，感受著街上悠閒的氣氛，迴然不同於平日的匆促急迫。有的一家人駐足於櫥窗前品頭論足，有的則停在海鮮餐館的各式水缸前，慨嘆那些活生生的水中生物，竟等著被宰殺、被吃掉。還有很多人在不同的小攤子上購買各式小吃：烤蕃薯、蔥油餅、甜包子、類似只有在德國聖誕市集上才買得到的糖炒栗子等等，邊吃邊打發時間，等待晚餐時刻的到來。所有的人都在笑著、嚼著、四處張望著。

他們在人民廣場搭地鐵回家，一行人進入小區後，正在外面曬太陽的左鄰右舍，紛紛跟他們打著招呼，當然也都向木蘭問好。我到這裡真的才只十天嗎？木蘭心中暗想。

一回到家，外婆馬上就把砧板放好，拿起菜刀，以便晚上能準時開飯。

木蘭想要過去幫忙，但外婆只把她拉到一邊，並遞了一個長型的小包裹到她手裡。

好奇心勝過了中國人應有的禮貌，木蘭就像在德國家裡一樣，馬上就撕開了外包裝。是一雙秀氣細緻的竹筷子，裝在一個塑膠的套子裡。筷子的頂端畫有圖案，當兩枝並排擺在一起時，呈現出來的是一幅美麗的圖畫：兩隻小鳥翻飛起舞在一叢矮竹上。

「太漂亮了！」木蘭驚喜萬分，「謝謝，外婆！」

「從明天開始妳會經常在外面吃飯，一定要有一雙自己的筷子帶在身邊才行。」外婆給了個非常實際的解釋。但除了衛生的考量之外，木蘭在這份意外獲得的禮物背後，還感受到了來自長輩對晚輩濃濃的關愛；這份來自嚴厲外婆的關愛，是她原本沒敢奢望的。

參觀「文革博物館」

星期一上午，木蘭滿心期待地坐在一間小小的教室裡。為了能準時抵達語言學校，她必須一大早就起床，但再早也早不過表哥到他的學校去埋頭K書。現在她既興奮又好奇，很想知道在接下來的幾週裡，哪些人將會是她同舟共濟的戰友。

一個剪著一頭叛逆短髮，看起來比她大一點的女孩，大辣辣、理所當然地在她身旁的位子上「砰」一聲坐了下來。

「嗨，我是尤妮絲，來自美國威斯康辛的麥迪遜。」

「我叫木蘭，來自德國慕尼黑。」

「妳是中國人嗎？」

木蘭稍有遲疑地點點頭，「半個。」

「我啊，我是香蕉。」尤妮絲簡單地回了一句，好像一切就都解釋清楚了似的。但當她發現木蘭看著她，完全不知所云時，遂又補了一句：「裡面白的，外面黃的，懂了吧？」

這句話從尤妮絲的嘴裡說出來，聽不出絲毫貶意，只像是一句短註，讓人覺得非常切中事實，一語道出重點。

「是我老爸老媽要我來這間fucking學校的。簡直受不了他們，so Chineeeeese！」為了加強語氣，她還特意瞪大了眼睛。「但我可是到這裡來玩的，上海真是太棒了，you know。好吧，let's get some work done。」一邊說著尤妮絲一邊把筆記本和鉛筆盒「啪」一聲擺到桌上，同時放眼看了一下周圍；教室裡陸續又到了兩位羞怯的男孩子，看起來八成也是兩根「香蕉」，還有一位很穩重體面的男士。

他們還來不及互相認識，一位年輕的中國女子就昂首闊步走進了教室，先自我介紹是他們的王老師，接著就要求所有的學員也用中文自我介紹一番；當然，每位學員都照辦無誤，完成了第一項功課。木蘭於是知道，那兩個男孩名叫艾瑞克和麥爾斯，他們是一對雙胞胎，來自英國，父母在伯明罕經營一家中國餐館；而那位體面的先生，則是木蘭抵達上海後碰到的第一位同胞，也是來自德國。他在上海經商多年，太太是中國人，現在從職場退休了，終於有時間可以好好學習一下中國的「文字」，而不是只會說中國的「語言」而已。中文最讓人氣結的地方就是，你即使說得一口流利的中國話，但也可能只是個文盲，既看不懂也寫不出一個中文字。

木蘭發現，班上每個人都有一定的中文程度，學習的背景雖不一樣，但都有一個共同的問題。她也馬上就意識到，這堂課的重點將會是：中文字，中文字，中文字！但她卻也隱隱感覺到，自己原先對那些繁雜方塊字的反感，其實已隨著她每天不經意、不間斷地接觸，正漸漸消退中。在這裡，那些方塊字不再是折磨人的刑具，而是能幫她融入日常生活的鑰匙。

中文字光看著是唸不出來的，所以不認識的字必須用另一種方法才能在字典裡找到，也就是靠所謂的「部首」；如果能辨識得出一個字的部首，接下來就是要能正確地數出部首之外的筆畫。部首本身通常就是一個簡單的字，譬如木、水、人或是石等。在字中它們很容易辨認，部首同時也指出，這個字大概跟什麼有關係。中文字的筆畫不是隨隨便便湊在一起的，是有一定的書寫規則，也給予字一定的意義。所以解開中文字密碼的第一步，就是必須記熟那兩百多個部首。木蘭不禁想到中藥店裡那面收藏各種藥草的巨大抽屜牆；是的，每個中文字都有安放它的一個小格子。

如何正確數出一個中文字在部首之外的筆畫，也是要學習的。上完課，王老師發給全班一張單子，上面是一些簡單的中文字，他們必須想辦法在字典裡找到它們——好一個像偵探辦案似的家庭作業！就在回家的路上，木蘭已經用完全不同的眼光，在觀察映入眼簾的商店招牌及廣告張貼；她像玩尋寶遊戲一樣，在當中尋找她能辨識出的字樣。

「一起去喝杯珍珠奶茶嗎？」尤妮絲的聲音把木蘭拉回現實。

「好啊，走！」

「前面一拐彎就有家小咖啡館；這附近我很熟，我親戚就住在轉角那裡。」

「妳的中國家人啊？」木蘭深表同情地問。

「可不是。」尤妮絲大嘆一聲，再次誇張地翻了個白眼，然後對木蘭心照不宣地眨了眨眼睛。

「完全瞭解。」木蘭嘆了一口氣。「我外婆是個赤腳醫生，毛澤東的信徒，一天到晚引述他的話！我表哥是個電腦狂，但一天到晚就只知道學習，跟有毒癮一樣。我舅舅跟舅媽還算正常，但他們整天都在工作。」

「說得好。」尤妮絲回應了一句。

她們踏進一間小咖啡館，裡面已經有許多客人正在利用無線網路，不停在手提電腦或平版電腦上忙碌著。木蘭和尤妮絲陷坐在深軟的沙發中。

「妳覺得我們班上的同學怎麼樣？」木蘭問。

「那兩個男孩還挺可愛的，雖然已經十八歲了，但一看就知道還相當嫩。大概才剛從寄宿學校出來，就一跤跌進上海這個花花世界了吧！那個麥亞先生嘛，剛好可以當我的爺爺。」

「可不是，但我還是覺得他好勇敢，年紀都這麼大了，竟然還有勇氣來學寫中文字。我爸跟我媽結婚十七年了，從來就沒有想過要學中文。看來，生活在哪個國家還是有差別的。」木蘭抒發了一下自己的意見，像是在為她父親道歉一樣。再說，她也得為自己找個台階，自圓其說一下。但為什麼老爸早沒有跟媽媽到中國來一趟呢？外婆和她的女婿，至今尚未謀面。

「你們週末都幹什麼了？」尤妮絲想知道一下。

「去唱卡拉ＯＫ了。」

「天啊，太慘了吧！」

「不會啦，其實還蠻有趣的——當然除了我很丟人的表演之外。」木蘭回想起那天，自己假裝是個人類學家，在卡拉ＯＫ做田野調查的情景。「至於其他人的表現，那真是一場貫穿中國歷史，橫跨三個世代的表演；音樂風格完全不同，但誰也沒有批評誰，看不起誰，互相容忍、尊重，我覺得很棒。」

「我們是到一個水鄉古鎮去了。這附近有一大堆，名字我又給忘記了。妳一定也馬上會被安排去參觀的，有夠煩。」尤妮絲用力大聲吸著她的奶茶。喝珍珠奶茶用的，是一根像手指一般粗的吸管，因為唯有這樣，才能把那些沉澱在杯底、用甘藷粉做成、一顆顆滑不溜丟的小圓球，一吸吸進嘴巴裡，再大口使勁兒咀嚼。還好外婆沒看到這一幕，木蘭心裡慶幸著。對於感冒時要忌口的東西，也包括了所有的乳製品，說是會生痰什麼的。但她的感冒早就不見了——是否該感謝外婆的湯藥呢？就連她水土「不服」的現象，也早就成為了過去式。對那帖專門為自己調配的中藥，木蘭不得不說聲：讚，水土「服了」！她覺得現在的自己，已經是精神抖擻，充滿活力。語言課開始了，這個尤妮絲跟自己一樣，也是個必須在語言、文化和家庭中找到定位的人，應該可以成為聯合戰線。木蘭已經準備好，要接受新環境的挑戰了。

回到家已是下午。屋裡靜悄悄的，沒有一個人。木蘭把學校的功課和那本《中德大字典》，全部都擺到飯桌上；那本像磚塊一樣重的大厚書，她原本抵死也不肯帶，是媽媽硬給她塞到箱子裡的。現在木蘭很慶幸還好有這麼一本工具書在手邊，並馬上照著家庭作業的規定，展開「追捕」漢字的行動。當Oma背著她那個裝著球拍和球鞋的舊布袋，從外面練球回來的時候，木蘭正埋首字典，專心查找生字。

她在孫女身後看了一會兒，光潔的臉上閃過一抹滿意的微笑。但老太太還是沒有一句稱讚，只是引用了一段先賢的話：「『不聞不若聞之，聞之不若見之，見之不若知之，知之不若行之。』這是荀子對『學習』一事所說的道理。」

「那請問這位什麼子的，對打桌球一事又說過什麼道理了？」木蘭忍不住回了一句嘴。這些活在兩千多年前的老傢伙們，憑什麼跟她講學習的道理啊？外婆沒有理會木蘭挑釁的問題。

「我們現在正在為十月要舉辦的『全國銀髮杯桌球大賽』集訓，」Oma只回了這麼一句就接著問：「要我給妳看看，我們曾經贏過的獎牌嗎？」她打開自己臥室的房門，招手叫木蘭過去。木蘭懷著既敬畏又好奇的心，踏進了外婆的私人「聖地」：一張鋪著淺綠色床罩的床、一個櫃子、一個洗臉盆，還有一個彩色的搪瓷水壺（雖然家裡早就接上了自來水也加蓋了浴室）；另外，在她床頭上方的牆上，還貼了一張毛澤東的巨幅海報，海報上的毛主席站在水邊，身上穿著白色浴袍，頭髮迎風飄揚。他揮著手，面帶鼓勵地看著前方，好像在邀請誰跟他一起共浴似的。

Oma發現木蘭正在端詳那張海報，遂跟她解釋：「毛主席是個游泳健將，他曾經定期游泳橫渡長江，以身作則，告訴廣大的人民鍛鍊身體是何其重要。看到照片下面的字了嗎？『追隨偉大的毛主席，乘風破浪，勇往直前！』」她指著海報下方的題字，「很快妳就可以看得懂了。」

木蘭對這種政治標語十分陌生，也不是她現在一定想學的中文。而且她向來就覺得，這個大寬臉、鼓腮幫、下巴還長著一顆肉疣的胖傢伙，一點也不討人喜歡。對什麼「偉大的領袖」，「崇高的信念」這樣的說法，德國人總是會先抱著比較懷疑的態度。但對Oma來說，毛澤東顯然依舊是她心目中的偶像。

老太太「鍛鍊身體」這個話題還沒結束，抓著孫女的手，她興沖沖將木蘭拉到對面的牆邊，牆上掛滿了一張張蓋著大紅四方印，還配飾著蝴蝶結的獎狀。

「這些都是我們球隊參加比賽贏得的榮譽，不只是省級的比賽，而是全國性的喔。我們就是以毛主席為榜樣，用這樣的方式保持健康，活到老，動到老！妳也運動嗎？」

但Oma根本沒打算讓孫女回答，當木蘭還在苦思，籃球到底該怎麼說時，下一個生活指導原則已經緊接而至。

「妳啊，就跟我孫子一樣，成天就只知道窩在電腦前面，動得太少不說，還把眼睛也看壞了。這對一個正在成長的孩子來說，怎麼會好呢？你們將來怎麼可能成為有用的人呢？」老太太愈說愈氣。

「外婆，那是什麼？」木蘭試圖岔開話題，她指著掛在牆上一個破舊的綠色帆布書包，書包上還寫著幾個白色的中文字。跟書包掛在一起的，另有一頂綠色的扁帽，上面有一顆大紅色的星星。

「那頂帽子和那個書包，是我在當紅衛兵時候的東西，也就是在文化大革命的時候。我的天啊，它們曾經跟我一起經歷過多少事情！那時候我大概就是妳現在這個年紀，我們可以免費搭火車到全國各地去，要把革命的種子帶到每一個鄉村、每一個角落。那是毛主席親自對我們的呼召。我曾經親眼看過他本人，就在北京的天安門廣場上，他站在城牆上向我們揮手，對我們講話。我和成千上萬的紅衛兵一起，對他揮舞著毛語錄，那是我們隨身攜帶的寶典，裡面的每一句話，我們都背得滾瓜爛熟。」外婆憶及過往，眼中閃爍著亮光。「後來我參加『上山下鄉運動』，這個書包也是一路陪伴著我。上面寫著『為人民服務』五個字，那可不是口號而已，我跟妳說過我曾經是個赤腳醫生，當年就只帶著針灸的針和僅有的一點藥物，走過無數個村莊，只要我能幫得上忙的，都一定盡力做到。」

就在Oma想要更詳細描述那些，聽了就讓人寒毛直豎的「醫療」細節時，木蘭剛好聽到外面傳來一些聲響，於是及時想出一個脫身的藉口：「對不起，外婆，我得在其他人回來之前，先去把飯桌上的東西收拾好。」

才剛把學校的作業收拾完畢，木蘭就看到表哥從浴室裡走了出來。

「怎麼，奶奶讓妳參觀她的文革博物館啦？」他招呼著木蘭。

「可不是嘛。」

「毛澤東和孔夫子是她的生活導師。不管碰到什麼樣的人生課題，這兩個人裡頭反正總有一個有話說。」

「是啊，我也已經聽過他們說的一些教訓了。」

「讓人驚訝的是，這兩個人對她來說，竟然沒有任何衝突矛盾的地方。」表哥壓低了聲音並隨著木蘭進到「她」的房間。「不過，要是有人對文化大革命提出批評，奶奶她老人家可是會不高興的。但那段時期真的是非常糟糕，學校都關閉了，年輕人假革命之名，在全國各地橫行霸道，製造暴亂。」

「所以你前些日子提到的，說什麼她在『年輕時候的惡行』，就是指這件事嗎？」

「沒錯，很多紅衛兵在他們非常年輕的時候，就造了不少孽。他們不僅相互鬥爭，甚至鬥爭他們的老師；如果政治立場或政治身份不正確，有時候連自己的父母都不放過。他們拚命去挖陳年舊帳，然後把人打成所謂的『黑五類』。然後這些人被公開批鬥、毆打，長年被監禁，很多人就這樣冤死在牢裡。但沒有人為那些暴行被起訴，那是個無法無天的世代。而整場運動就在共產黨公開全盤否定之下，不了了之。」

「但為什麼會叫『文化大革命』呢？那一切跟文化根本沒有什麼大關係啊？」木蘭禁不住插嘴問道。

「妳說得沒錯。但庶民文化是當時的假想敵，所以非常多的藝術品和文化資產遭到破壞，因為那些都是『反革命』的。當時紅衛兵高呼的口號是『破四舊、立四新』，也就是破除舊思想、舊文化、舊風俗、舊習慣，樹立新思想、新文化、新風俗、新習慣。一場浩劫下來，不僅有形的物質被摧毀殆盡，人與人之間的信任也蕩然無存。」表哥愈說愈氣。

「照這麼說，應該叫『反文化大革命』才對嘛。」木蘭聽完表哥的表述，下了一個結論。「你都是從那裡知道這些事情的啊？」

「學校裡是不教這段歷史的，但上『微博』就可以找到一些資料。」

「微博」？「微小」？「傳播」？——啊，對了，就是「microblog」，表哥最近有提過。

「我以為你們這裡，網路是被監控的？」

「是啊，但總不能就那麼笨笨地被管啊。」表哥頗富深意地笑了一下，「妳如果輸入像『西藏』或『文化大革命』當關鍵字，當然別想查到什麼資料。但兜個圈子、繞個路，就可以找到一些很有意思的『微博』在討論這些題目了。」

啊哈，原來表哥成天窩在他的電腦前面，也不是只在埋首學校的功課而已，而是在網路上「繞路」呢！

「我們是一群揮趕不走，不斷叮咬大象背脊的蚊子，」表哥帶著點兒義無反顧的味道又加上了一句，「但最近越來越難突破監控了。自從法令變嚴苛以後，網路上變得安靜很多。現在那個代表越界觸法的小警察，在螢幕上出現的機率越來越高。」

聽起來實在不怎麼樂觀。

兩人走出木蘭的房間，看見外婆已經開始在炒菜；他們幫忙把碗筷擺好，舅舅舅媽也已經下班回家。

大家都吃得津津有味。Oma在很短的時間之內就變出了三道菜來：番茄炒蛋、四季豆炒肉絲及甜椒燒豆腐，最後還有一碗蛋花湯。大家邊吃邊聊，各自說著自己的一天。

「你們可以想像嗎？我們學校又通過了一項新的安全措施。」舅媽首先打開了話匣子，「為了怕孩子被綁架，以後每個孩子在放學後，都必須由一個經過授權的大人來接，才准離開學校，比如說爸爸或媽媽，阿姨或師傅。學校門口現在到了中午，真是堵得越來越厲害了。」她無奈地搖搖頭。「這個城市真是讓人覺得越來越不安全了。」

「那是因為妳那個學校，有太多有錢人的小孩啦。」表哥插進來表示意見。

木蘭悶不吭聲地聽著他們的對話。在德國她天天騎車上學，對她來說，那是再自然不過的事；她從來不用擔心什麼，更從來沒有想過那也可以是一種特權。這裡的孩子竟然連上學都不准自己一個人去，隨時隨地都有父母或其他大人跟在身邊，木蘭覺得真是太遺憾了。在上下學的路上跟同學們天南地北地瞎扯聊天，常常是去學校最快樂的一件事。

接著注意力轉到了木蘭身上。大家當然都想知道，她在語言學校的第一天是怎麼過的。

「一切都好。」乾淨俐落的回答，封殺了眾親族的好奇，堵住了全家人的口。她今天可沒有興致去玩什麼「你問我答」的遊戲。

飯後由木蘭負責洗碗，這個工作和其他的家事比起來，實屬輕鬆，一共就只有五個碗、一些筷子、幾個盛菜的盤子和一個飯鍋，這也是吃中國菜方便的地方。炒菜鍋Oma總是在做完菜之後就順手洗掉了，然後把它掛在爐子上方的牆上。

表哥帶著電腦躲進了他的房間，舅舅和舅媽坐在客廳看電視，外婆則坐在桌邊看報紙。

現在正適合用Skype和家裡聯絡。德國剛好是中午，媽媽在家，老爸在辦公室。木蘭感覺十分失落及遺憾，只能在週末才能透過視訊看到爸爸。自從收到老媽那封奇怪的手寫「家書」後，和她談話就總覺得有點怪怪的。一種沒法明講的曖昧，讓她們的對話始終限制在日常生活的瑣事中：

「哈囉，媽咪。」

「對，今天是上課的第一天。」

「一切都好。老師很ＯＫ，同學也是。我們一共就五個人。」

「是啊，還是熱得要命。」

「沒事，感冒早就好了，別擔心。」

「他們也都很好。」

「我當然有幫忙做家事！」

「妳怎麼樣呢？」

「好，沒問題，再聊了。」

「親親！」

女人撐起半邊天

小團體漸漸有了一定的規律，木蘭和尤妮絲在下課後會結伴去吃中飯，有時候麥爾斯跟艾瑞克也會一起。而他們親愛的「麥公公」，被大家暱稱為「老麥」的麥亞先生，則打道回府和夫人共進午餐。

在語言學校所在的這一區，物美價廉的餐館不少，雙胞胎這方面的消息相當靈通，譬如什麼地方又開了新館子，在什麼館子要點什麼菜等等。他們很知道在那些美化了的菜名背後，真正上桌的會是什麼，畢竟兩人都是在自家中國餐館長大的。如果只有木蘭和尤妮絲兩人，她們通常會去光顧的地方只有兩處：一家是木蘭已經很熟的餃子館，或是尤妮絲在淮海路上發現的一個美食廣場。該廣場位在一家百貨公司的地下一樓，名字叫做「好兆頭」。在那裡點菜和付帳都特別簡單。每一家店的每一道菜，都做成了塑膠模型擺在櫥窗裡，客人只需用手指一指，點菜即完成；而付錢只需先在入口處購買儲值卡，刷一下卡片，結帳即完成。

今天一如往常，又是她們兩個人自己單獨覓食。由於天氣實在太熱，她們決定吃麻醬涼麵。中國人吃麵向來是唏哩呼嚕，嘖嘖有聲。她們現在也學會了這項「技能」，以表示吃得香，吃得痛快。「Like the natives.」尤妮絲吃飽後，心滿意足地說。

「天啊，真是太熱了！」從有冷氣的地方走到大街上，木蘭忍不住唉嘆起來。

「妳說得沒錯，」尤妮絲馬上接口，「我現在還不想回家，我們去享受一下腳底按摩，怎麼樣？」於是兩人轉頭，朝反方向而行，最後停在一家店門前。

「我以為這種按摩沙龍，其實暗地裡都是搞色情的？」木蘭提出疑問。舅媽就曾經警告過她，要她留意那種亮著藍白紅旋轉霓虹燈的美容沙龍。

「有些是，但別擔心，我知道哪裡可以去。還是有很多正派經營的Spa，在全上海都有連鎖店，像這間就是。腳底按摩有可能會很痛，但做完之後，我保證妳腳步輕盈，舒服透頂！」

木蘭稍微遲疑了一下，不知是否要將自己精打細算才好不容易存下來的零用錢，花在這樣一種不確定的「享受」上？但她又不願落於人後，遂硬著頭皮跟著經驗老道的同伴踏進了大門，只聽見三聲悅耳的鈴聲響起。

「腳底按摩，兩位。」尤妮絲在服務台說明來意，笑容滿面的接待員，看起來跟她們差不了幾歲。

因為兩人都穿著牛仔短褲，不需要特別換衣服，遂馬上就被帶領到按摩的座位上；她們分別深陷在一張巨大的單人沙發中，按摩師傅先為她們準備了帶有花香的溫水泡腳，同時遞上擦拭手臉的毛巾。這種在中國很普遍的服務，木蘭在飛機上已經體驗過，不同的是，這次的毛巾不是溫熱的，而是冰涼的。木蘭發出幸福的嘆息聲。當按摩師再度消失在垂簾之後，尤妮絲開口問木蘭：「喂，妳比較喜歡哪個？艾瑞克還是麥爾斯？」

木蘭從來還沒想過這個問題。這對雙胞胎在她看來，就是從同一個模子裡倒出來的。但除了外型相像之外，兩個人其實很不一樣。艾瑞克總是愛強調他是「哥哥」，安靜內向不多話，但只要開口，必定一語中的。麥爾斯正相反，活潑外向愛講話，是班上的開心果，常常以「模仿秀」娛樂大家。譬如每當他學王老師那種咬字特別清晰，開口就像講課的說話方式，總是讓全班笑得前俯後仰，不可自已；就連麥亞先生也忍不住會咧嘴而笑。但麥爾斯也能夠模仿共黨高層人士，在電視新聞裡讓觀眾倒足胃口的誇張致詞方式：「親愛的同志們，今天是上海中共語言學校第七屆班代表大會。我們現在馬上要開始第三次的中央委員會，今天的議程是……」他的表演總是在全班的大笑聲中結束。

雙胞胎外表雖然是中國人，但他們的言行舉止卻完全像是英國人：有點兒笨拙但很可愛。木蘭漸漸發現，一個文化對它子民的影響，真是深到連下意識所做出來的動作，都無所遁形。人的身體也是會說外語的。就拿木蘭為例，她自己就有意識到，當她在說話的時候手勢太多。她的中國家人常會有點不知所措地看著她揮舞的雙手。

「如果一定要選的話，我會選艾瑞克。」木蘭竊笑著回答。按摩師傅已經開始了她們的工作，木蘭咬緊牙根，忍受著捏揉所帶來的疼痛。像這樣和尤妮絲一邊聊著女人的話題，一邊讓人按摩小腿，木蘭覺得自己好像已經是個大人了。

「好極了，」尤妮絲滿意地說，因為想當然她會選擇那個班上的開心果。「這樣我們就不會打架了。」

在語言學校，他們已經是個合作無間的小團體，大家都各有專司：麥爾斯和尤妮絲負責大家的娛樂；艾瑞克和木蘭則負責回答王老師的問題；麥公公雖然學得很辛苦，但他「盡職」地維護著他在班上的權威，每當他們鬧得太超過的時候，就想辦法把大家再拉回來。「孩子們，聽好了。」這是他固定的開場白，「你們的父母花大把的鈔票，不是讓你們來這裡瞎鬧的！」

木蘭對麥公公有一種特別親切的感覺，因為跟他可以用自己最熟悉的語言交談。平常為了顧念班上其他的同學，兩人在課堂上用的都是中文；但在下課休息時間，有時候他們就會抵抗不了誘惑，躲到一邊用德文聊天去了。

「怎麼樣，木蘭，妳的中國家人都好嗎？」他不時會問候木蘭一聲。麥亞先生有一大家子的親戚，跟著他的太太嫁了過來。他很知道這當中的甘苦。

木蘭在這個小團體中感覺很舒服，她的同學幾乎就像她的第二個家庭一樣，一個不是很「純」的，帶著點兒「瑕疵」的中國小家庭。

「唉喲喂呀！」按摩師傅正在木蘭左腳跟的地方「施工」，她那經過專業訓練的手指，不斷在一個特別痛的點上按壓，木蘭覺得好像在被一個尖銳的東西戳刺一樣。

「會疼噢？」年輕女師傅一邊問一邊又使勁地按了一次，木蘭只能以全身緊縮表示同意。「這裡主管腎經，妳平時可能喝水喝得太少了。」

木蘭心虛地拿起身旁茶几上裝著藥草茶的杯子。在她身後的牆上，高掛著一幅畫著兩隻腳底板的經絡圖，圖上標滿了各種顏色的穴道，展示著它們主管的器官。從日常一再體驗新的事物，木蘭對中國人就是能將享樂和實用完美結合，嘆為觀止。不管是經由飲食還是按摩，傳統中醫總是能透過不同的方式，讓身體在生病之前，先保養好它。

木蘭咬緊牙根，她的腳底就像是一塊滿布地雷的危險區域，隨時都會有劇痛爆開。

終於，酷刑結束了。女師傅用一條鬆軟的大毛巾，將雙腳搓揉擦乾，木蘭覺得腳底無比舒暢。

「好了。」

木蘭從沙發中支起身子，她躺在那裡幾乎快一個鐘頭了。才走了幾步，就已經感覺出腳下的不同。尤妮絲事先確實沒有誇大其詞。剛剛的疼痛已經忘得一乾二淨，木蘭覺得自己簡直是身輕如燕。

「哇，感覺太棒了！」

「就跟妳說吧。」尤妮絲回了她一句。

分道揚鑣後，木蘭朝地鐵站的方向走去。當她想到在慕尼黑的閨密們，每天都在學校受著「煎熬」，而她卻每天在上海「嘗鮮」，幾乎感到有些心虛。那些死黨們是不是已經把她忘了呢？

木蘭必須承認，她並不常跟德國聯絡。這裡發生的一切，很難用電子郵件來描述；用照片或許還比較可能。當然，為了要跟朱利亞、阿玉瑟和卡羅好好炫耀一番，以外灘摩天大樓做背景的自拍照，老早就寄回去了。但那些只是表象而已，真正深刻的，是隱藏在生活中的點點滴滴啊！

就在她正想著家鄉的伙伴們，一幅街景突然吸引住了她的目光。在前方兩棟房子之間的車道出入口，一個當地的年輕男子在販售很特別的商品；地上擺放的，鐵欄干上吊掛的，全都是毛澤東造型的各式紀念品：鬧鐘、杯子、紀念徽章和保行車平安的護身符等；木蘭在很多出租車的後照鏡上，都看到過這麼一個吊符。木蘭不禁想起了外婆的文革博物館。是怎樣？難道這裡的人真的又在懷念毛澤東？還是只是一種流行？

然後她在那一大堆商品中，發現了一些幾乎是被「遮掩」在後面的東西，她一看就忍不住笑了出來。賣東西的小販一直都在密切注意木蘭的反應，看到她面露笑容，也衝著她微微一笑。幽默聰明的版畫家，將毛澤東的宣傳大頭像，換成了一個一臉嚴肅的貓咪頭，貓咪頭上帶著一頂紅星扁帽，和她在外婆房間牆上看到的一模一樣。貓頭下方寫著「Chairman Meow」（貓主席）。這個圖案有印在T恤上的，有印在馬克杯上的，也有做成紀念徽章的。就是它了！送給所有人的最佳禮物。她盤算著要給閨密們各買一件T恤，給馬堤買個杯子，他早餐喝咖啡時可以用。木蘭打開已經大失血的錢包，心情有些沉重；但她以買三件同樣的T恤為由，跟小販大大還價成功。也就是照Oma教她的最高購物原則：買二送一！外婆要是知道她今天的表現，一定會以她為榮！但當戰利品全裝入了塑膠袋，木蘭還是決定不要告訴外婆今天的事。老太太可能會覺得她是存心取笑。Oma似乎真的很尊敬毛澤東。

晚飯的時候，舅媽遞給木蘭一個信封，富含深意地看了她一眼。「有妳一封信，木蘭。」看得出來她多想知道信裡的內容。

拜託，不會又是那樣一封藍色信箋吧？木蘭心底呻吟著，難道老媽現在要固定寫「家書」了不成？當然她還是禮貌地致謝，並將信封端端正正地擺在自己的飯碗旁邊。

晚飯後，木蘭躲進自己的房間。為了避免被打擾，她先把耳機戴上，在iPod中找到想聽的音樂，這才撕開信封。

慕尼黑，九月九日

我親愛的木蘭：

妳愛嘮叨的媽媽又來了。我其實並不想這麼快又給妳寫信，但妳這趟「返鄉」之旅——返回我的故鄉之旅，讓我的感觸非常多，遠遠超過我原先的預期。每當我在腦海中想像著，妳是如何在我從小到大生長的城市中四處走動，體驗生活，幾乎讓我有了一種想家的感覺，那種我原以為再也不會有的感覺。但現在，就好像有一道閘門被打開了一樣……

我想我一定不認得現在的上海了。妳現在居住的城市和我記憶中八〇年代那個灰暗的地方，只怕有著天壤之別。妳可以想像沒有高樓大廈的上海嗎？那些古老的歷史建築也都是年久失修，岌岌可危；百姓居住的社區單調灰暗，沒有地鐵也沒有幾輛汽車，只有成千上萬的自行車穿梭在大街小巷中。

妳一定會問，那我們為什麼沒有早一點一起去上海呢？沒有回去的原因有兩個：我和我母親的關係很不好，再加上，我和我祖國的關係也很不好。（作媽的常常讓人很受不了，不是嗎？☺）妳一定已經發現，外婆是一個個性多強的人。毛澤東曾經說過：「女人撐起半邊天。」而她一個人，就想撐起一片天。

我父親，妳的外公，是妳外婆當年到東北參加「上山下鄉運動」時認識的——然後就懷孕了。身為赤腳醫生，她應該知道要怎麼防止才對，但發生就是發生了。孩子的爸爸是村長的兒子，他們當然不能讓這件醜事傳開，想要讓妳外婆把孩子打掉。那個時候還沒有所謂的「一胎化」政策，但讓一個從城市來參加下鄉運動的年輕女學生懷孕，絕對是違反政治規定的。固執有時候也有它好的一面。妳外婆抵抗了所有的威脅與逼迫，一個人偷偷返回上海——當時未經允許，下鄉的學生是不可以隨便返家的——把我生下來，然後再次下鄉，返回到她被分派的崗位上去。我被她留在上海，由我的外公外婆帶大，他們是全世界最善良的人。可惜妳沒有機會認識他們，兩位老人家很早就都過世了。我從來沒有見過我的父親，也不知道他是誰。

「上山下鄉運動」在八〇年代初結束，已經長大的年輕人終於可以返回故鄉。妳外婆和我繼父相識結婚，組織了小家庭，有了自己的孩子，也就是我同母異父的弟弟，妳的舅舅。我仍然跟著外公外婆住，因為母親對我來說，跟陌生人沒有兩樣；而繼父根本沒有興趣再多養一個女兒，更何況不是他親生的。中國人說：「女兒像潑出去的水。」因為她們日後會嫁人，要侍奉的是將來的公婆。好不容易把她們養大，到老卻不能依靠，出嫁時卻還要準備嫁妝。

但那段婚姻沒能維持多久，在我弟弟五歲的時候，繼父就過世了。我和小弟的感情一直很好，他也是我到德國以後，始終還保持聯繫的人。

為什麼我不早一點兒告訴妳這一切？因為妳沒有問，而我總覺得妳還太小，沒有必要告訴妳那麼多家裡曾經上演過的戲碼。但現在，戲中主要的角色妳都已經親自見到，也認識了，是時候讓妳多知道一點這個中國家庭的故事了。

妳將會發現，這個家庭在過去，曾因特殊環境的影響，造就了極為堅毅的女性。而妳能下定決心單獨勇闖上海，正代表我的木蘭也繼承了傳統，晉身家族強女之列！今天先寫到這裡，我勇敢的小龍女。下封信再繼續說故事給妳聽。

妳的媽咪

木蘭楞在那裡，完全不知道該如何反應。她原先以為，媽媽在信裡一定還會有些指責，卻不料竟是把她當成大人，說了很多真心話，很多在德國家裡時從來沒有提過的事情。也許媽媽說得對，是因為她從來就沒有問過。所以用這種老式寫信的辦法溝通，也許還真不是個壞主意。看完信，木蘭不需要馬上做出回應，可以讓一切先沉澱一下。

她摘下耳機；在專心讀信的時候，她完全沒有聽到音樂，現在她重新「恢復」

了意識，突然覺得聲音好吵。用手肘抵著桌子，木蘭雙手撐著下巴，試著想像媽媽當年的遭遇：沒有父母的悉心呵護，而是被丟給外公外婆撫養，又完全不認識自己親生的父親，那是一種什麼情況啊？如果自己沒有爸比，她會怎麼辦？過得下去嗎？但換個角度來看，幸好當初外婆頑強抵抗，堅持生下了媽媽，不然哪裡來的她呢？

Oma的個性真是強啊！在她上山下鄉的時候，也真不只是「為人民服務」而已啊！木蘭現在看待外婆和她的「文革博物館」，突然有了另一種眼光。那段母女關係一定非常難搞。她們之間的衝突，是不是也和政治有關？和表哥曾經提過的文化大革命有關？和Oma無條件崇拜毛澤東有關？媽媽當初為什麼會去德國？為什麼會一去不復返？甚至連一次都沒有回來看過？問題愈想愈多。一直以來，木蘭把過去的事都視為理所當然，從來沒有特別去想過她的中國家人，但現在她跟這一家人愈來愈熟悉，謎團也就愈變愈大；而這些疑問只有媽媽可以給她解答。從一開始對老媽這種作法的不以為然，到現在竟然變得興趣盎然。木蘭已經迫不急待地等著下一封藍色信箋的到來。

我們是「同一國」的嗎？

「木蘭，要喝杯咖啡嗎？」一天下課後，麥亞先生提出邀請：「我們每天一起孜孜不倦，受苦受難，妳不覺得，偶爾也可以一起享受杯咖啡嗎？」

「好啊，當然！」畢竟邁亞先生是她在上海唯一可以用「父語」交談的對象，而且她有一大堆問題想問他，也許現在正是個好機會。

木蘭在第一堂課的時候，就對這位年長的同學暗自起了好奇。對他竟然能在自己妻子的國家生活，而且還說她的語言，木蘭覺得既驚訝又佩服。麥公公也有個中國太太，他的愛也超越了文化，就像她的父母一樣。

「對了，我叫庫特。」點好東西，找到位子，才一落座麥亞先生就主動報上了名字。「我當然知道，中國人習慣也喜歡把親族關係當作稱謂，用來彼此稱呼，感覺好像比叫名字還更親近些。我也覺得很榮幸，能在班上被大家稱作『麥公公』，但只有我們兩個人的時候，」麥亞先生說到這裡，一副心照不宣的樣子看了木蘭一眼，「我想也可以用德文的方式彼此稱呼吧？」

木蘭點點頭；她那一籮筐想問的問題，現在正是個好的開始。

「你們有小孩嗎？」木蘭劈頭就問，但馬上就不好意思地笑起來。「真是抱歉，瞧我現在就跟中國人一樣，好奇地亂問問題。」但她實在急著想知道，一個在中國長大的「混血龍子」會是怎麼樣的狀況？他對自己德國的那一半，是否也有接受的困難。

「沒事，沒事，不要緊。被人好奇追問也是一種恭維，尤其像我這麼大年紀的人了，更是如此。再說，我對妳也同樣感到好奇啊。現在回到妳的問題：沒有，我們沒有小孩。我和我太太是很晚才認識的，當時她已經是一位很有名望的學者，而我的年紀也已經很大了。但如果我們有小孩的話，我會很希望能有個就像妳一樣的孩子，木蘭。每次看到妳可以這樣悠遊在兩種文化之間，都覺得非常開心。」

天知道，我是怎麼「憂遊」的！木蘭心中暗想。終於開口就能清楚表達，不需要小心翼翼，字斟句酌，木蘭覺得嘴巴又是自己的了。熟悉的語言讓人禁不住傾吐起來：木蘭突然發現，她正在跟庫特說著自己的故事，說著自己是如何來到這繁華的大上海：和母親發生的衝突、家裡無法忍受的狀況、匆促的啟程以及抵達後全然孤獨的感覺。但她也同時提到了媽媽寫給她的信，一個正在發生中的續篇，還不知道結尾會是怎樣。

「我很可以理解妳母親的想法。」庫特靜靜聽完了木蘭的故事，「我知道那種處於語言『劣勢』的感覺，你會很希望有人是跟你『同一國』的，若能是自己的女兒，那當然是最理想不過。但這個女兒有一天竟然背棄了你，因為她突然有了自己的想法，你當然會感到非常失望。」

「我也知道啊，」木蘭嘟囔了一聲，「我應該先跟她好好談談的，不管是用德文還是中文。還有，在中文學校上演的那一幕，是真的過份了點……」

「我覺得妳父母在這件事情上，處理得很好。妳父親看出來了，妳們母女倆需要保持一點距離；而妳母親則藉由寫信的方式，讓妳終於能好好聽她講講心裡的話。」

「哎呀，現在情況也完全不同了啊。我現在認識了所有這些她跟我提過的人，我也第一次真正感受到了，學這個語言、用這個語言是有意義的。但你知道，明明沒經驗過的事，就是一直要你相信，不停地嘮叨，不停地被疲勞轟炸，誰受得了啊？」即使心有愧疚，木蘭回嘴的功力還是絲毫不減。

「完全正確。中國有一句成語說得非常好：『行千里路，勝讀萬卷書。』但我們現在先不管別人怎麼說，妳有沒有仔細想過，也許妳媽媽跟她的祖國及她的母親之間，也同樣存在一些問題？」庫特提出質疑。

「沒錯，她最近在信裡面有提到。而且我後來也知道，我那個Oma如果存心要怎麼樣的話，是非常難搞的一個人。」

「妳看是不是！」

「但她還是早就可以帶我爸和我回來一趟啊？錢根本不是問題。」

「可是當年她們母女決裂，對兩人造成的傷害到底有多大，對彼此的失望有多深，妳並不知道；而妳現在自己也看到了，因為一時衝動說出來的話，可以讓一個人後悔多久。」

「嗯。」對邁亞先生說的話，木蘭不得不小聲承認。

「現在我只能建議妳，繼續多聽、多看；我相信妳已經找到了正確的方向。」

「謝謝你聽我說了那麼多，庫特。終於能用德文清楚表達一下自己的想法，感覺真是舒服多了。」

「我也是這麼覺得。」

不知不覺已近黃昏，木蘭得想辦法在晚飯之前趕回家。

北京的廣場與
巴伐利亞的大海

過了一個星期，下一封信又到了。木蘭放學回家，一進門就看見它靜靜躺在飯桌上。家裡沒有人，木蘭馬上就撕開了信封。媽媽的故事進入了下一章。她一邊看一邊不禁自問，這個寫信的人她真的認識嗎？但作女兒的也必須承認，這麼多年來，她幾乎從來沒有問過媽媽關於她故鄉的事，也從來沒有仔細聽媽媽說過她的從前。也許是因為那一切都發生在一個太遙遠、太陌生的國度吧；但現在，木蘭正在慢慢認識這個地方。

好吧，媽咪，我專心聽妳講。

慕尼黑，九月十五日

親愛的木蘭：

在上封信裡，我跟妳說了很多有關外婆的故事，今天該輪到我了。關於妳母親的事，有很多妳都還不知道，因為我們從來就沒有機會談到這樣的話題。但是現在，我可以慢慢地講給妳聽了。

就像妳表哥現在一樣，我當年也必須為了高考而拚命念書。經過這麼多年，為了能擠進大學那扇窄門，莘莘學子必須忍受的痛苦和付出的代價，看樣子並沒有什麼太大的改變。大量的時間浪費在死記課本的內容，然後再想辦法硬背寫出來，一切只因為前途決定在此一役。當年選讀科系不像現在，考生沒有多少自主權。我原本想念的是英文系，但卻被分派到了德文系，一個早就沒什麼人想念的冷門科系。

但我還是懷著滿腔的熱情，開始了在同濟大學的學習。我的老師都很好，嚴謹的德文很符合我的個性。雖然名詞有三性四格外加字尾，動詞變化還有強弱之分，這些中文裡都沒有的文法，讓學習處處充滿挑戰，但因為它有系統，反而讓我覺得比較好學。我甚至在大二的時候，成績就已經好到足以申請並獲得了歌德學院的獎學金，可以到位在南德基姆湖（Chiemsee）[1]畔的小城普林（Prien）進修六個月。

當時我對未來充滿了憧憬，興奮地打包著行李；只有在想到要與外公外婆分開時，才會覺得有說不出的傷感。或許那時候我就有預感，再也見不到兩位老人家了吧。他們在九〇年代初相繼離開了人世。

1 編注：基姆湖為巴伐利亞的淡水湖，面積79.9平方公里，介於德國羅森海姆和奧地利薩爾茨堡之間，常被稱為「巴伐利亞海」。

在普林我覺得自己簡直是到了天堂。妳絕對不能想像，從單調灰暗的上海到了如詩如畫的南德小鎮，就像進入了仙境一般。生活在充滿了大自然的環境中，常常讓我有非常不真實的感覺。德國的一切對我來說，就像現在妳在中國一樣，是那麼陌生卻又充滿刺激。我品嚐各種美食，在位於山坡上漂亮的老別墅裡，和來自世界各地的人交談；到村子的小商店裡，和當地居民練習用德文購物，我甚至露天在基姆湖裡游泳……

但在德國美好的夏日時光，卻突然被打斷了，所有的注意力又回到了中國。那年是一九八九年。北京的學生在天安門廣場上集合示威，向政府提出改革開放的要求。蘇聯的經濟改革給他們帶來了一線曙光，年輕人希望中國的共產制度也有民主化的可能。當時戈巴契夫正在中國訪問，是活生生最好的例證。

他們佔據廣場好幾個星期。藝術系的學生用保麗龍刻出一個比真人還要大的女性雕像，在五月底豎立於天安門廣場上，象徵著爭取民主的自由女神。此舉引發了更熱烈的抗爭，不僅北京的中學生和大學生群聚在一起，在成千上萬來自全國各地的學生都集結到廣場上。但當他們提出的要求，在幾經溝通協商之後，仍沒有得到政府的回應，若干學生開始了絕食抗議。

那時候我若在中國，一定也會去參加示威。但我卻在普林，離家好遠好遠。當時歌德學院還有另外一些來自中國的學生，我們每天坐在電視機前面，跟著天安門廣場上的群眾，一起熱烈地討論開放應走的方向。

妳從小就生長在一個自由民主的環境，共同參與意見和擁有投票權是天經地義的事。但我卻來自一個由共產黨統治的國家，鐵腕獨裁。他們總是宣稱一切都是為了全民的福祉，但事實上多半只是為了一黨的私利。共享經濟的政治理念，早已淪為空洞的口號；在上位者貪污腐敗，我們那個世代早就反對一黨獨大，所以對改革開放的期待就更為強烈。即使遠在他鄉，我們對國內發生的一切，都感同身受，極為興奮。

希望這些陳年舊事沒有讓妳感到無聊，但我必須多講一些以前的事情，妳才能瞭解為什麼會是現在這樣的局面。好，今天「講古」講得夠多了。當妳收到這封信的時候，應該快要過中秋節了。幾乎所有的中國人都會在這個時候，想起李白那首著名的『靜夜思』：

床前明月光，
疑似地上霜；

舉頭望明月，
低頭思故鄉。

上海怎麼樣都不能算是鄉下，但它是我的故鄉。中秋節那天晚上你們一定會慶祝一下，一定會一起吃月餅。真希望我也能跟你們在一起。☺

衷心祝福妳的

媽媽

木蘭將目光自寫得密密麻麻的信紙上移開，疑惑地抬起頭。

中秋節？家裡唯一會慶祝的中國節日就是中國新年，大概總是在一月底到二月中之間；每年過年的時候，媽媽一定都會燒一些特別好吃的菜。除此之外，家裡過的都是德國的節日，陪木蘭一起長大的，只有復活蛋和聖誕餅乾。

普林那個小城木蘭還記得。當時她還很小，爸爸媽媽帶著她一起去基姆湖郊遊。媽媽滿心期待地想要找到那所她以前就讀的語言學校，可惜怎麼找都找不到了。木蘭不太能理解，一個人怎麼會如此熱中學習一種外語？但對媽媽來說，那所學校顯然是個很重要的地方，所以一心想跟自己的家人分享。

還有那個在北京的廣場，天安門。外婆也曾經在那裡，面對著偉大的領袖，熱情揮舞著手裡的小紅書。但現在首先得搞清楚，這個中秋節是怎麼一回事。

接下來的幾天，很多商店都在櫥窗裡擺出了一種油亮亮的圓形蛋糕，而且包裝精美，一個個裝在非常漂亮的紅色特製紙盒裡。「月餅」——木蘭現在能夠認得這兩個字了。對啦，顯然這就是在過中秋節的時候要吃的糕點，就像聖誕節一定要吃香草月牙餅乾一樣。

如果中秋節是一個屬於家人團聚的重要節日，那她是不是應該帶幾個月餅回去跟家人分享？木蘭一邊想著一邊踏進了一家糕餅店。一股麵包新出爐的香味撲鼻而來。

「我想買月餅。」木蘭對店員說。

「我們有一些新開發的口味在那邊，有草莓、巧克力和椰子。這邊則是傳統口味的。」

「那這些裡面包的是什麼呢？」木蘭指著那些「傳統口味」的問。店員頓了一下，似乎在懷疑，怎麼有人看起來明明就是個中國人，但卻問這麼笨的問題呢？

「核桃、水果乾、豆沙，當然還有月亮。」店員一邊回答，一邊忍不住露出一抹訕笑。

木蘭不想讓自己再繼續出醜下去，伸手指了指傳統口味區裡的一個禮盒說：「我要那個。」

付了錢，店員將月餅禮盒放進一個特製的紅色手提紙袋中。這份禮物雖然將她的旅行預算又挖了一個大洞，但卻會讓她「很有面子」；木蘭有個感覺，她其實早就應該做點什麼，來表達自己的謝意了。她心滿意足地踏上歸程。

才踏進家門，木蘭就發現飯已經開好了，所有的人都坐在飯桌上，眼露疑問地看著她。木蘭猛力搖晃著手中的紅色提袋。

「快過中秋節了，到處都在賣月餅。我就想，買幾個回來給大家吃。」

只見舅媽臉上一亮，「我們正想跟妳商量這件事呢，木蘭。星期天晚上我們全家要到閘北公園去野餐。」

「晚上野餐？」

一向喜歡當「萬事通」的表哥，順勢切入：「當然啦，賞月啊。這個星期天剛好是陰曆的八月十五，也就是中秋節。入秋後第一個滿月，據說也是全年最大的滿月，象徵著圓滿、團圓。所以家人要盡可能地一起去野餐，一起去賞月。」

「而且今年我們還有一個新的家庭成員加入，那更是要特別慶祝一下了。」舅媽喜孜孜地看著木蘭補充道。

「就差妳的母親。」外婆語氣平淡，不帶任何感情地說。

木蘭看著外婆，心中充滿疑問。在上封信裡，媽媽不是還說，她真希望能跟我們一起過中秋節嗎？她們到底發生了什麼事？這兩個人之間很顯然有個過不去的節，解不開的結。而且Oma不是應該說「就差妳的父母」才對嗎？

表哥感覺到桌上的氣氛有點兒不對，試著轉變話題，打開僵局：「聽過月亮上玉兔的故事了嗎？」

「沒，我們的月亮上只有一個男人。」

「星期天我指給妳看。那隻兔子的剪影，在滿月的時候很好辨認。牠負責採集草藥，然後在一個杵臼裡搗爛它。」

中國人真是太懂得養身了，什麼機會都不放過；就連月亮上的兔子都得去採集草藥。但木蘭感興趣的是另外的事。

「可惜今年中秋節是個星期天，不然的話還可以多放一天假。」表哥的聲音明顯帶著失望。「在我們這裡，中秋節是國定假日。」

「但還是在週末比較好，這樣我們才有足夠的時間好好準備野餐的東西。」舅媽是另外的想法。

木蘭雖然無法想像，這樣的野餐是有什麼好準備的？但還是基於禮貌地問：「有什麼我可以幫忙的嗎？」

「妳的責任就是負責月餅。」舅媽回答。

星期天晴空萬里，預告著晚上也將會有一輪皓月。整個下午舅媽都在為賞月的野餐忙碌不休，洗菜、切菜、剁菜，Oma也在爐子旁邊加班，就像將軍在沙場領軍作戰一樣指揮著一切。木蘭不禁想起在德國，最近一次全家去野餐的情況：出發前，塗幾片麵包，抓幾個蘋果，再裝一壺熱茶，結束。和這裡「工程浩大」的準備相比，簡直是天壤之別。木蘭和表哥都試著盡量不去打擾忙碌的「煮婦」們，各自安靜埋首於電腦之中。舅舅則在電視機前面打盹。

下午五點，全家浩浩蕩蕩地出發，好像要去參加什麼萬里長征一樣，又是毯子又是睡墊，當然還有裝滿了「野餐」的籃子。但事實上，他們只是要到高架道路另一邊的公園去而已。閘北公園今天正門大開，而且不收門票；不受旋轉十字門的限制，大批的人潮不斷湧進園內。

因為緯度的關係，上海總是天黑得很快，而且相當早，即使是在夏天也一樣。幸好他們出門得夠早，趕在天黑之前，還於池塘附近的草地上找到了一個好位置。當然，他們不是唯一想到要來公園賞月的遊客，草地上到處坐滿了各路人馬，什麼組合都有，但大多數都是三代同堂的家庭。就在他們剛剛把所有的東西擺設完畢——為此外婆還特別帶來了一張小板凳，這樣老人家會比坐在草地上舒服些——只見一輪巨大的明月升上了樹梢。

活到這麼大，木蘭從來不覺得月亮有什麼重要的。她不是那種會去注意月亮圓缺的人，也不會因為滿月就睡不著覺。但現在，她非常享受這個月亮節的氣氛。四周原本鬧哄哄的人群，突然安靜了下來，大家都屏息仰望著天空。

以滿月象徵全家團圓，是個既貼切又絕妙的比喻。不管時差是早幾個鐘頭還是晚幾個小時，這個星球在這個夜裡，向全世界展現了它最完美的弧度，最完美的形狀。身在異鄉的人，知道自己不管離家多遠，都能和親人看到同樣的月亮，讓它成為思念家鄉的最佳代言人。媽媽寄來的那首詩是怎麼說的？

舉頭望明月，
低頭思故鄉。

在木蘭的這個小團體裡，每個人舉頭望月不禁想起的，是那位遠在異鄉，名叫紅梅的母親、女兒、姐姐、大嫂和姑姑。對木蘭來說，還有她親愛的爸爸。

在氣氛還沒有變得太感傷之前，表哥大喊了一聲：「菜都要涼啦！」其實他們根本沒有帶任何熱菜來。拿起筷子，準備開動，剛剛有點凝重的氣氛也就一掃而空。大家邊說邊笑，享用著擺在他們中間，一字排開的美食

木蘭買的月餅是大家的飯後甜點。舅媽把月餅對切開來，木蘭看到了藏在當中的那顆圓圓的蛋黃。直到此時她才終於明白，店員說月餅裡包了月亮是什麼意思。

「但這月亮是怎麼跑進去的呢？」木蘭大為驚嘆地問。

「那可是大廚的秘密了。」舅媽促狹地回答。

木蘭興沖沖一口咬下，甜膩的內餡加上鹹味的蛋黃，口感十分特別。這麼重口味的糕餅，吃半個也盡夠了。

樹上的知了高聲齊唱，震耳欲聾，如金屬般尖銳的鳴聲，就像電鋸發出的噪音一樣。蝙蝠拍著翅膀盤旋在燈籠四周，伺機捕食被燈火吸引過來的飛蟲。木蘭對這個捕蚊高手沒什麼好感，看了就覺得心裡發毛。她不由自主地向外婆挪近了

一些。

「蝙蝠會帶來好運。」外婆曉以大義。

「真的嗎？」木蘭不可置信地問。為什麼偏偏是這個噁心醜陋的傢伙，能帶來好運？

「第一，牠們有用處，會吃蚊子；第二，因為蝙蝠的『蝠』和福氣的『福』發音一樣。」Oma給孫女上了一課。

說得也是，蝙蝠的「蝠」和福氣的「福」同音，只是寫法不一樣。自從木蘭開始「潛心」學習漢字，已經碰到過不少類似的例子。這種同音異字的文字遊戲，當然也只有認得中文字的人，才能體會箇中的樂趣。現在她也終於明白，為什麼餅乾桶上會畫有蝙蝠，為什麼牠們會被用來作為裝飾的圖案。

月亮愈升愈高，他們繼續在溫潤的月夜裡又坐了好一會兒。萬里無雲，月光明亮，即使想閱讀報紙也不成問題，至少標題絕對清晰可辨。孩子們在公園裡四處追逐嬉鬧，沒有人想到，其實早該趕他們上床睡覺了。直到Oma開始打呵欠，舅舅才比了一個手勢，示意大家準備回家。收拾好野餐的東西，大伙兒安步當車，踏上歸途。小區庭院裡也還坐著不少人。

「瞧，林家賞月回來了。」木蘭聽到四鄰的聲音。

是東方的威尼斯
還是東方的迪士尼？

接下來的一週很短，只需要上班上課三天；木蘭和表哥終於還是如願放到了假。十月一日星期四是中華人民共和國的國慶，全國放假三天；每年連著國慶放的長假，被稱為「黃金周」假期。

星期一當全家共進晚餐的時候，舅舅向大家宣布：「十月一號我可以租公司的麵包車，包括師傅在內。」

啊？麵包車？那又是什麼東西？木蘭滿臉狐疑地看著表哥。

「我爸是說一輛小巴士，我們所有人都可以坐得下的一種車子；然後全家出去郊遊。」表哥解釋給表妹聽，但兄長的聲音聽起來並不太熱衷。舅舅繼續興致勃勃地發表意見。

「木蘭來我們家都一個多月了，竟然連上海市區都還沒出過。我想，反正沒人有興趣看國慶的閱兵遊行。」舅舅轉頭對木蘭說：「在妳回德國之前，上海附近的環境也總得認識一下才行。」

「好主意。我們也好久沒有出去走走了，去參觀一個水鄉怎麼樣？」舅媽幫著出主意。

「那就去朱家角吧，最方便，離這裡只有五十公里左右；而且還有東方威尼斯之稱呢。」舅舅如數家珍，像個導遊一樣。「媽，妳覺得怎麼樣？」

「路上還會經過一家很棒的海鮮店。」

「沒錯，我們曾經去吃過一次。那麼讓師傅什麼時候來接我們比較好？」

「我想九點半吧，畢竟是放假，大家還是睡飽了再出發。」舅媽建議。

「好，那我先打電話給海鮮店訂個桌子。」

沒有人問表哥是否有時間或是興趣參加，全家的活動就是全家的活動，而且已經決定了。

十月一日上午，才出發沒多久，他們就發現有相同想法的人還真不少。街上的交通還是一樣擁擠，只是今天不是為了趕去上班，而是為了擠去郊遊。幫他們開車的司機是個不多話的人，粗粗壯壯，對眼前的景象未置一詞，塞車對他來說，是家常便飯。

木蘭對竟然會找一位司機來開車帶他們全家出去郊遊，十分不解。她好奇地問表哥：「為什麼舅舅自己不開車啊？」

「因為談好的價錢包括了司機在內。這是一輛公務車，照理說不可以用在私人出遊上。所以這是一樁『走後門』的買賣。這個詞妳一定要記住了，在中國挺重要的。既然都冒了這麼大的風險，師傅他當然要賺取最大的利益；所以，要就是連車帶人，沒別的選項。」

就在木蘭還在試著搞懂這個邏輯時，表哥又加上了一句：「或許這就是我們那些政客所謂的『中國特色社會主義』吧。」

舅媽顯然早已料到，這趟車程會比預期得久。她從包包裡掏出一大堆零食，讓大家分著吃。於是大伙兒邊吃邊聊，就好像坐在一間會動的客廳裡一樣。表哥則忙著滑手機。塞車似乎沒有掃到任何人出遊的興致。這樣看起來，有個司機開車還真是不錯，交通的問題由他傷腦筋，其餘的人只管享受假期，就算困在長長的車陣中也沒什麼關係。

高速公路上的交通雖然通暢些，當他們抵達餐廳時，也已經是中午十二點，中國人標準吃午餐的時間了。下了車，所有的人先在停車場上伸伸腿、扭扭腰，隨即浩浩蕩蕩地進入餐廳。首先印入木蘭眼簾的，是一整面放滿了大大小小魚缸的牆，缸裡全是活蹦亂跳的蝦蟹和優游自在的魚兒——就像外婆所說的，保證新鮮！來用餐的食客們，就從當中挑選他們的午餐。

「我們現在在『澱山湖』附近，它是上海近郊最大的淡水湖，有非常多的魚蝦和螃蟹養殖場在這一帶；所以這裡有很多當地的特產。」在開始點菜之前，舅舅先跟木蘭稍做解釋。點菜也是一門大學問，如果點得不好、搭配得不對，再好吃也會大打折扣；點菜也絕不可以小家子氣，正式宴客，端上桌的菜數至少要比在座的人數多出一道。這項重責大任就由舅舅負責，其他人則被服務生領著，帶到另一間廂房之中；但外婆不願被牽著鼻子走，她要留下來參與點菜。

經過這些日子的「歷練」，木蘭已經知道自己的限度大概在哪裡；她悄聲對外婆說：「拜託，請不要點海蔘和烏龜。」

舅舅另外塞了錢給師傅，讓他自己在餐館的大廳裡點東西吃。

大家在房間裡圍著一張圓桌坐下，木蘭被分配坐到面對門口的「上座」。在用過她已經很熟悉的熱毛巾之後，最先送上來的是一壺熱茶，舅媽幫每個人都倒了一杯。接著菜就一道道端上桌，所有的手也就沒有閒下來的了，只見撥蝦殼的撥蝦殼，夾蟹螯的夾蟹螯，吸蟹腳的吸蟹腳；或用雙手掰開整隻螃蟹，或用舌尖剔出魚刺，順著嘴角吐出。餐桌轉眼變成了殺戮戰場，個個出手都不遑多讓，什麼食安問題，食安醜聞，全都被拋在了腦後。木蘭勇敢地跟著大家吃。

「聽說西方人只吃不帶刺的魚，是這樣嗎，木蘭？」Oma提出疑問。

「是的，大部分的人吃魚都很怕有刺，但在我們家不一樣。」

聽木蘭這麼一說，老太太似乎放心了些。「要是有人問我，我一定跟他說，帶刺的魚好吃太多了。」舅舅將魚頭，也就是一條魚最好的部位，夾了放到外婆的盤子上。Oma先用筷子將眼睛挑出，然後很享受地將魚頭啃了個乾淨。

甜點是可口的紅豆湯，裡面還加了一種像青蛙卵一樣的東西（在中國什麼東西都有可能），但其實是西米露，為豐盛的午餐劃下完美的句點。大吃了一頓，大戰了一場，每個人都疲累地靠在椅背上休息。

當一行人回到停車場，師傅正在車旁抽煙，看起來似乎也對剛才的午餐十分滿意，至少是吃得滿面紅光。他給外婆點上煙，其他的人則爬上車，窩在自己的位子上打個小盹兒。

抵達了所謂的水鄉，木蘭看到的第一個景象，是一個超級巨大的停車場，停在那裡的車子一望無際，像一片遼闊的水域在太陽的照射下閃閃發光。完全不是木蘭原先期待的田園風光；「水鄉」這個名詞和映入眼簾的畫面，一點兒也搭不上關係，她好生失望。有人曾跟木蘭說過，「朱家角」在明朝的時候是一個重要的貿易樞紐，經由與皇室運河的連結，可以直通北京。為了能一窺這個受文化遺產保護的古鎮，必須先買門票才能進入。

「根本就是『迪士尼』鄉。」表哥一邊嘟囔著，一邊隨著人潮擠過旋轉十字門。城內每棟房子的底樓幾乎都被改建成小商店或是小餐館，除了販賣當地的特產外，還擺滿了各式各樣做工粗糙的塑膠紀念品，也有很多帶著民族風味的俗豔擺飾。來自世界各地的觀光客，加上中國自己的老百姓，你推我擠地在狹窄的街道上選購商品。就為了跟這些人擠在一起買東西，實在不需要開那麼遠來，木蘭的念頭才剛這麼一轉，他們走到了窄巷的盡頭，視野突然一寬，一條河出現在眼前：河岸兩側是低垂的楊柳，白牆的小屋；河面上則是一葉葉搭著小篷的木造扁舟，船夫站在船尾撐著篙，引領著船隻前行。木蘭看得目瞪口呆；就在這一瞬間，她幻想中的中國終於出現了！媽媽的家鄉看起來，就要像這樣才對嘛！但到目前為止，她腦海中的圖像和上海的街景，怎麼樣也配搭不起來。

「這裡的人實在太多了，我們還是去搭船吧。」舅舅一邊說一邊領著家人朝登船的地方走去。就在小碼頭的旁邊，有一座弧度完美的石造拱橋，優雅地橫跨在小河之上；平緩斑剝的石階，見證著百年的歲月，就像一幅卷軸裡的圖畫一樣。木蘭等了很久，全家人才好不容易排到橋邊合影了一張，沒有閒雜人等在鏡頭前跑來跑去。

坐上了船，木蘭總算看到了期待中的小橋流水，田園風光。他們靜靜地划過綠色的水面，進入狹窄錯綜的運漕河道；只有在行經特別狹隘的地方，或是要通過十字「河」口的時候，搖櫓的船夫才會出聲吆喝，以便提醒對面的來船注意。

兩岸房屋臨水的一面，都還保有著原來的風貌，沒有被商業污染，沒有被消費霸凌。飛揚的山牆，加蓋的平台，可直接走進河裡的小台階；從這裡可以看出，小鎮曾經靠水而生，與水共生。而且那些房子裡，真的都還住著人！只見婦女們在曬著衣服，洗著菜，孩子們則在狹小的天井裡玩耍嬉戲。

大家都靜靜享受著這段水上行舟。木蘭用手划過水面，很高興能暫別上海的喧囂，進入這如詩如畫的中國。就連表哥也不再保持排斥的態度，例外地沒有低頭盯著他的手機看。水鄉風光，賞心悅目。

再度登岸，大家還是燃起了一點兒購物的興致。舅媽提議，可以買一塊當地有名的特產「稻香扎肉」帶回去當作晚餐；當然，該買哪一家的好，婆媳倆自是有一番冗長的爭論。除此之外，她們還決定買一些「香糯糖藕」回去，同樣也是朱家角的特產。木蘭發現了一家服裝店，裡面賣的是印有傳統藏青花紋的衣服和印有中國書法的襯衫。這不是正適合送給爸比嗎？喬裝成中國人，坐擁兩個中國女人！於是又開始了一番爭論，而且所有的人都熱烈參與。這次爭論的主題是：應該買什麼尺寸才對？鑑於這裡的衣服都是依照中國人「苗條」的身材縫製，所以恐怕要買到ＸＸＬ才行。

結束採購，大伙兒心滿意足地拎著塑膠袋朝停車場走去。司機放平了椅背，正在駕駛座上小憩。但在返家的途中，換成了只有前座的師傅專心開車，後座的乘客全都陷入了沉沉的夢鄉。

鏡子裡的中國女人

剩下來的兩天假期，大家都懶在家裡，試著從出遊後的疲累中恢復過來。當木蘭星期一再度看到她班上的同學，心中的喜悅難以言喻。她發現，這個信手「胡亂」組成的小團體，對她來說已經非常重要；尤其是壞嘴的尤妮絲，她更是想念。下了課，兩人約好了一起到她們固定的咖啡館去。

「放假的時候你們都到哪裡去了？」

「水鄉。」

「我就說吧，到上海來作客，一定要去參觀一次水鄉的。這個長週末我可是差點兒沒煩死，跟中國家人相處的時間實在太長了，受不了。」尤妮絲皺著眉頭嘆息。「我覺得除了上課之外，我們應該還要一起做點別的事。好比說去迪斯可啦，或是去電影院、酒吧之類的，什麼都好。我每天晚上就只能坐在電視機前面，跟那些人一起瞪著螢幕看，而我們竟然是生活在上海，二十一世紀全球最大的首都上海！」尤妮絲哀怨不已。

「妳是說跟艾瑞克和麥爾斯一起嗎？」

「沒錯，跟麥公公恐怕不太合適。」

「嗯……」木蘭遲疑著，但尤妮絲已經決定了。身邊有個會玩又有經驗的朋友，還是不錯的。

「但那兩個傢伙得推一把才行，妳不覺得嗎？他們自己是不會有任何行動的。」

「妳有什麼建議？」

「我一直就想去Bar Rouge。它位在外灘一棟歷史建築的頂樓，從它的露天平台上眺望對岸的浦東，風景真是漂亮到不行。妳可以上網去看一下照片，太壯觀了！那兩個男生恐怕自己是不會去那種地方的，只有跟我們一起，還有一點機會。」尤妮絲一邊說一邊頂了一下木蘭的腰眼。

「那妳打算怎麼說動他們呢？」

「這交給我就好了。星期五晚上是最好的時間，因為第二天不用早起。雖然酒吧六點就開門了，但當然是越晚才越有意思。怎麼樣？就這個星期五晚上，一起去吧？」

「當然。」木蘭一口就答應，想也沒想要怎麼從家裡脫身。

「太好了。但我們得先去置一下裝，我沒有適合的衣服可穿了。」

這當然是尤妮絲典型誇張式說法，但木蘭對這個提議，欣然同意。在慕尼黑的閨密們早就一直在追問，她是否已經去逛過那種，用極低廉的價格就可以買到世界名牌的購物天堂。

「我知道要去哪裡買，」尤妮絲篤定地說，「明天下課後，okay？」

「Okay.」

第二天她們簡單吃過午餐，就搭地鐵去一個購物中心；那是一棟很醜陋的灰色水泥建築，一共有六層樓。木蘭很快就發現，其中五層樓都是堆滿衣服、鞋子、包包、箱子、圍巾和各式各樣配件的店面；一樓還設有很多提款機，可以讓老外隨時補充不足，盡情消費。

木蘭和尤妮絲搭電扶梯才剛上到二樓，立刻就被一群賣東西的太太們蜂擁圍住，企圖帶她們到自己的攤位上去。所有的「店面」都用板子隔得密密麻麻，以便放下最多的貨物。她們以一種世界通用的洋涇濱英文，大力推銷自己的東西：「Plada, Missie. Plada! Bag vely chea-pee!」

幸好尤妮絲已很有經驗，知道如何應付這樣的陣仗。簡潔的一句：「不要，謝謝！」將賣東西的太太們全數打回。

木蘭睜大了眼睛，四處張望，到處都是繡有鱷魚圖案的T恤、打馬球的套頭衫、繡著三條線或打著小勾勾的運動服和球鞋。

「這些全都是假貨？」她禁不住問尤妮絲。

「那倒不一定。妳知道，這些牌子的產品其實大部分都是在中國製造的，所以總會有一些東西從後門流出來；有時候工廠也會以『實物』來支付女工的工資。在這裡買東西講價空間非常大，妳一定要狠狠地殺價才行。」

這一點木蘭已經跟外婆學過。但她還是很高興有尤妮絲在身邊，她顯然很瞭解這裡的購物文化，知道該如何應付。尤妮絲拉著她的朋友，目標明確地朝一個小店走去，那裡掛滿了繡著亮片的無袖吊帶衫。

「妳覺得怎麼樣？配我的牛仔短褲嗎？」尤妮絲拿起一件閃閃發光的吊帶衫在身上比試著。

木蘭從架上拿起另外一件。

「喂，試一下這件綠色的，我覺得更適合妳。」

「購物天堂」是沒有試衣間的，小小的店面寸土寸金，所有的空間都要用來展示及堆放貨物。尤妮絲消失在一塊臨時掛起來的床單後面。

「天啊，我恐怕得穿L號才行。」尤妮絲雖然比木蘭矮一個頭，但遠比她結實。「妳有大一號的嗎？」她問老闆娘。

「有，有，請等一下。」年輕女子小跑步到遠處一個儲貨的地方，很快就又再度出現，遞給床單後面的尤妮絲她想要的尺寸。

「嗯，比較好一點。妳覺得怎麼樣？」尤妮絲帶著批判的眼光，看著鏡中的自己。

「閃到眼睛都睜不開了。」木蘭笑著說。

這時尤妮絲才開口詢問價錢，但馬上就擺出一副不可置信的樣子；她還了一個不到原來四分之一的價，這下輪到老闆娘的反應又急又氣了。但尤妮絲只將那件衣服大動作地塞回對方的手裡，轉身就打算離開。「走吧，木蘭，沒什麼好講的了。」

「可是尤妮絲，那件真的很適合妳耶，妳為什麼不買呢？」而且那個價錢對木蘭來說，也已經夠便宜了。

尤妮絲拉著她一路往前走，同時小聲地說：「噓，不要講話。妳都不知道要還價的嗎？」她們繞了整層樓一圈，慢慢地從一間店面逛到另一間店面。就在她們才剛又看到先前那家店時，老闆娘已經手裡拿著那件綠衫，衝著她們跑過來了。賣家已經決定讓價一半，但尤妮絲態度堅硬，不為所動；最後兩人終於同意以原價的四分之一成交。讓木蘭最驚訝的是，老闆娘對這筆買賣好像也沒有什麼不滿，她一邊高興地跟尤妮絲說著話，一邊把衣服裝進一個塑膠袋裡，並把木蘭當成了下一個目標。但這家衣服的風格不是木蘭喜歡的。

兩人搭電扶梯上到三樓。

「妳怎麼樣？」尤妮絲催促著。

木蘭已經看得頭昏腦脹。對眼前這滿坑滿谷的商品，她其實都不是那麼滿意，她根本沒辦法做任何決定。直到她們登上了頂樓，木蘭原本已經麻木的感覺才又活絡了過來。這一層賣的主要是各種布料和綢緞，每個小隔間除了陳列材料，同時還是裁縫師傅為顧客量身訂做衣服的地方。木蘭觸摸著那一匹匹柔軟細緻的布料，驚嘆著它們千奇百怪的顏色。她應該訂做一件絲質的襯衫給自己嗎？那種很合身的、在側邊開著盤扣的？

但尤妮絲已經拽著她往一間做旗袍的小店走去。

「說真的，木蘭，如果我有妳這樣的身材，我早就訂做一件這樣的衣服了。」她拿起一件樣品，在木蘭面前不斷比試著。這個動作當然馬上就讓裁縫師傅的太太嗅到了商機，和尤妮絲成為聯合陣線：「Try on, Missie!」

經驗豐富的老闆娘打量過木蘭的身材後，拿了另外一種式樣的旗袍讓她試穿。於是這次輪到木蘭消失在床單的後面。當她穿著那件旗袍再度現身，裁縫太太幫她扣上那許多看不見的暗扣和許多看得見的盤扣。感覺真的就像是穿上了第二層皮膚一樣——而且是非常中國的皮膚。旗袍高挺的豎領讓她的脖子顯得更長，並且讓她不由自主地只能抬頭挺胸。

「Wow，木蘭，真是太好看了！」尤妮絲由衷地讚嘆。

「Tailor-made even better.」老闆娘在一旁幫腔；不知什麼原因，她好像認為木蘭和尤妮絲就是兩個美國女孩。

「木蘭，妳一定要訂做一件，一定要！」尤妮絲幾乎是用哀求地說，「妳穿旗袍真是漂亮得要命。」

木蘭來回看著自己的好友和鏡中的自己。「妳真的這麼覺得嗎？但訂做衣服不是很貴嗎？」

「別擔心，這交給我。」尤妮絲馬上就和裁縫太太展開了激烈的還價戰。在激戰期間，裁縫師傅始終低頭踩著縫紉機，不為所動；在激戰期間，木蘭則仔細欣賞了所有的料子，暗自挑選。其實她早就「心有所屬」，看中了一款上面繡有福字的紅色綢緞。

「Red — good luck color.」老闆娘對顏色提出建言，顯然廝殺的兩人，對價錢已經達成協議。

「妳如果不做一件，木蘭，會終身後悔的。價錢我已經幫妳砍了一半。我也告訴她妳星期四需要穿。她說沒問題，一定趕得出來。拜託，拜託，木蘭，妳穿這件真的是太勁爆了！」

木蘭在心中盤算了一下，做衣服的錢是她每個月零用錢的三分之一，只要她在其他方面節省一點，過得去的。而且尤妮絲說得沒錯，這件衣服讓她的曲線畢露，纖腰更是展現無疑。在她對面的鏡子裡，站著一個非常性感的中國女人。

「怎麼樣？妳不會真的考慮不做吧？」

「好，做！」木蘭終於同意。

裁縫太太等的就是這句話，她馬上拿出軟尺，在木蘭渾身上下量了個夠。在選定布料和扣子之後，木蘭付了定金，這筆生意做成了。

「Thursday leady.」老闆娘向兩人保證。裁縫師傅從始至終都低著頭在工作，沒有抬頭看過她們一眼。

木蘭回到家，看到飯桌上已經又靜靜躺著一封信。家裡沒人，至少省掉了那些詢問的眼光和各方的關切。

媽咪，如果妳知道我剛剛做了什麼事，恐怕要跌破妳的眼鏡囉！但還好她反正不用回信；不知媽媽這次又會告訴我什麼事情？木蘭迫不急待地撕開了信封。

慕尼黑，九月三十日

我親愛的木蘭：

別太驚訝我怎麼又給妳寫信了。但上一封信喚起了太多當年的記憶，讓我一刻也不得安寧。那整個故事我還沒有講完。

原本在天安門廣場上進行的和平示威，變得愈來愈不平靜，情勢漸漸緊張了起來。政府不願意和學生對話，當權者只想維護自己的利益。於是學生開始絕食抗議，很多老百姓也到場聲援，一起參加抗議活動。執政當局無法容忍權威受到挑戰，於是在六月三日到四日的晚上，坦克車開上了廣場，砲口對準了示威的群眾。就在全世界觀眾的面前，象徵自由的女神像被連座推倒，坦克車向人群開槍掃射；全世界觀眾都瞠目結舌地看著這血腥的場景一幕幕發生，整個世代的夢想在那一夜徹底被毀滅。

我也在電視機前面目睹了一切。新聞報導每天都將那些駭人的畫面傳送過來，傳送到德國平靜安寧的小鎮普林。如果當時我是在上海，可能還沒有辦法知道得那麼多，中國政府總是會想辦法模糊焦點，讓一般老百姓搞不清楚狀況。（那時候還沒有網際網路，像「簡訊」或是「skype」這些字也都還沒有發明。）

我和歌德學院其他的中國學生一起，每天守在電視機前面，憂心地討論著事情的發展；我們一起搭車到慕尼黑去參加在「特蕾西亞草坪」上所舉辦的聲援活動。是的，就是每年十月舉辦「啤酒節」的地方。我永遠也忘不了當時的景象：大批群眾聚集在通往巴伐利亞女神像的階梯前，那尊巨大的青銅雕像，就像天安門廣場上那個自由女神的大姐姐一樣；還有那些演講者，個個嚴厲譴責著中國政府的暴力行為。我看著眼前的一切，淚水湧入了眼眶。怎麼可能有一個國家，我的國家，竟然朝著自己的子民開槍？朝著國家未來的希望開槍？

每次和葛雷歐帶著妳走過草坪，我都會想到當年的情景。但那個時候妳還太小，我沒有辦法跟妳解釋所有的事。但現在或許妳比較可以理解，為什麼我在獎學金結束之後，不想回去中國——我的祖國太讓我失望了。我那盲目崇拜毛澤東和共產黨的母親，根本不可能瞭解我的憤怒，更別說支持我的立場。當時我已經夠大到能為自己做決定，我決定留在德國。唯一讓我放心不下的，就是我的外公和外婆；後來我也沒有辦法原諒自己，竟然再也沒有見到兩位老人家一面。

妳看，我也和中國有問題，我也和自己的母親有問題，妳還會認為媽媽其實都不懂妳在想什麼嗎？但為什麼沒有早一點跟妳說這些事呢？我想，或許是因為不希望妳有任何先入為主的觀念吧。因為再怎麼說，我還是很愛我的母親和我的祖國。我希望妳可以不帶任何偏見地去認識他們。

另外，我還注意到一件事。自從開始給妳寫信，我常常會想到妳和在上海的家人，這讓我自己也有了一些改變。有時候我會突然很想家，那是我多年來早已淡忘的感覺。送妳去上海是葛雷歐的意思，剛開始我並不贊成這個提議，但現在我必須承認，他是對的。我們必須給妳機會，讓妳在不受過去陰影的影響下，自己去經歷一切；但在這個同時，妳也必須知道以前確實發生過什麼事情。

希望我的信不要造成妳的負擔，而是能幫助妳更瞭解現在身處的環境。千萬不要讓老媽掃了妳的興。☺

下次見了！

妳的紅梅

這是媽媽第一次用自己的中文名字署名，她想表達什麼？她現在不是以母親的身份，而是以一個第三人的立場在告訴我，為什麼當初她決定孤單一人留在異鄉嗎？突然，木蘭覺得自己和隔著半個地球的媽媽是如此貼近，遠超過幾個月前她還在家的時候。毫無防備地，眼淚湧上了雙眼。一種陌生的、想家的感覺衝擊著她的心，還是那是她對媽媽心懷愧疚的感覺？因為領悟到，自己從來沒有察覺媽媽心底的寂寞？那感覺是如此強烈，木蘭不可抑止地大聲啜泣了起來。幸好沒人在家，沒人會聽到她的哭聲。她原先躺在床上是為了安靜讀信，現在她把身體蜷曲在一起，放聲大哭了起來。

當表哥放學回家，木蘭已經恢復平靜，但有一個問題一定要問。在那個顯然並不平安的「天安門」廣場上，到底發生過什麼事？那個地方在她的家族史裡一再出現，但前後代表的意義卻完全相反。在外婆那個世代，展現的是對領導者全然的信任，但那份信任卻在下一個世代，在同一個地方，被徹底摧毀殆盡。

「表哥，你可以告訴我，當年在天安門廣場上示威抗議的事嗎？情況是不是很慘烈？」表哥才剛進門，木蘭劈頭就丟過去一個問題。

「妳是指六四事件？一九八九年六月四號發生的那件事嗎？妳怎麼總是問到最敏感的問題？」表哥禁不住感嘆。「那也是百度百科——我們的維基百科——的禁忌之一。妳在那裡是找不到任何資料的。當時我還沒出生，我爸也還太年輕。我只知道，學生的抗議被血腥的鎮壓。死了很多人，被抓的更多，積極參與活動的人，是像罪犯一樣地被追捕。一直到現在，每到六四那一天，政府當局都還是會很緊張，嚴禁民眾聚集在廣場上，同時也會加派警力。尤其現在手機那麼普遍，各式通訊軟體又那麼發達，要想發動類似的抗爭活動，那可是和當年不能同日而語了。」表哥若有所思地結束了他的報導。

「『天安門』也就是外婆看到毛澤東的那個廣場嗎？」

「是的。那是在六〇年代末期的時候。」

「但從那個時候到現在，一定有一些改變了吧？我是說變得比較民主化一點？」

「從六四到現在，很多事情都改變了。我們現在實踐的是『中國特色社會主義』，意思是說，在經濟上什麼都允許，純粹的資本主義嘴臉。在黨的庇蔭之下，那些坐擁資源的黨內高官，自然個個利用特權，人人圖利自肥。但那可和自由民主一點關係也沒有。」表哥語帶嘲諷地說。

木蘭對表哥真是愈來愈欽佩，所有她提出的問題，不管多尖銳、多嚴肅，表哥都可以告訴她很多的資訊。每當這個時候，他就從一個乖乖的模範生，變成了一個深具批判力的文青。俗語說得好：真人不露相。天啊，她竟然也開始「出口成章」了？也許拜她某個中國基因所賜吧。

我來自台北，
我的名字是「想念上海」

星期四下課後兩人跑去拿旗袍。木蘭試穿了一下，她玲瓏有致的體態，在合身剪裁的襯托下，展現無遺。就連裁縫師傅看了穿衣鏡中的人影，都露出讚許的微笑。顯然他很滿意自己的作品，木蘭也是。

在回家的路上，木蘭考慮著要不要展示她的新衣服給家人看？對外婆來說，那可能算是一種小老百姓的「自甘墮落」；對舅舅和舅媽來說，如果和週五晚上的出遊聯想在一起，那絕對是馬上拉起所有警報，她也就哪裡都別想去了。到目前為止，她從來沒有單獨在晚上出去過，家裡為了負起對她照顧的責任，相對限制了她行動的自由。他們一定不會讓她單獨出去，或是會讓表哥當她的護花使者。木蘭雖然很喜歡她的表哥，但像去酒吧這樣的活動，也並不一定想要帶著個哥哥在身邊。到時候總會想到個好說法的。

還好到家時四下無人，那個用薄棉紙包著，放在漂亮提袋裡的新衣服，不露痕跡地「偷渡」進了她的房間。

晚餐的時候，木蘭跟大家宣布：「明天晚上學校要辦一個校外教學活動。」今天外婆剛好跟她的桌球隊到外地打球去了，少了一個可能阻撓計畫的人。

「你們要去哪裡？」舅媽首先發問。

「去看一場中國電影，當作聽力練習。」

「看哪一部？」喜歡看電影的表哥很好奇。他自己有很多盜版的ＤＶＤ，在每個街角幾乎都可以買得到類似的東西。

「還不知道。但我們說好了七點在外灘碰面。」

「為什麼老師不放ＤＶＤ給你們看？那樣不是簡單多了？」木蘭狠狠瞪了表哥一眼，這傢伙現在可別扯我後腿。

「難道就沒有下午的場次可以看嗎？」舅媽不滿地表示。

「不知道。說是一種要體驗生活環境的教學活動。」

「哈，當然啦，體驗上海夜生活！」表哥半開玩笑地說；木蘭真恨不得可以踢他一腳。

但這可馬上就讓舅媽緊張起來了。「那妳看完電影要怎麼回來呢？」

「我可以叫出租車。」

「那麼晚，又一個人？」舅媽覺得一點也不妥當。她滿臉疑慮地看著舅舅。

「我在德國的時候也都是這麼做的。」木蘭試著找理由支持自己的說法。

「但這裡不是德國，妳對上海不熟。」

「一般電影不會超過兩個鐘頭。」舅舅將話題導回，「我們會把家裡的地址寫在紙條上，妳帶好。」

「那如果看完電影大家還想去喝點東西呢？」

「去喝酒？」舅媽一聽大驚。

「當然不是，是喝茶。」木蘭連忙安撫舅媽，「就是大家想再聚聚聊聊，討論一下電影什麼的。」

「最遲十一點妳要回到家。」舅舅說了最權威的一句話，結束了這個話題。

現在木蘭只剩下一件事要做，就是挑選一部適合的電影，以便事後報告。這上網找應該不是問題。

星期五木蘭已經打算好，要在其他人還沒回來之前離開家門，而且穿著打扮是連最有意見的外婆都無可「挑剔」的：鬆垮的亞麻長褲配上只印有校徽的單色T恤，花色的勃肯拖鞋加上背包，一頭長髮則綁得整整齊齊盤在頭頂上。

「妳要去哪裡？」

「今天老師帶我們校外教學，舅舅、舅媽都知道。」

沒有給外婆任何提出異議的機會，木蘭快速溜出了家門。

尤妮絲依約在地鐵站旁邊的星巴克等她，全身上下已是赴宴打扮：緊身的短褲和那件新買的閃亮吊帶衫。她賊笑兮兮地挽住木蘭：「怎麼樣？沒問題吧？」

「沒問題，來大變裝吧！」

兩個人躲進洗手間，木蘭將背包塞到尤妮絲手裡，首先脫下長褲，換上旗袍；花了好一番功夫才將所有的盤扣扣好。木蘭連呼吸都不敢太用力了。接著脫下勃肯平底涼鞋，換上繫帶式的高跟涼鞋。最後再解開頭上的髮髻，那如黑緞般的長髮直垂至腰際。

「真是夠嗆，從後面看，妳就只剩下頭髮和兩條長腿了！」

最好是。木蘭把她「混人耳目」的喬裝行頭塞到背袋裡，拿出化妝包，開始在鏡子前塗上閃亮的眼影。尤妮絲羨慕地看著她。

「如果我有跟妳一樣的雙眼皮就好了，至少看得到化了妝！我已經在考慮是不是應該要動個眼部的小手術？」

「真的嗎？」木蘭從來也搞不明白，這小小一塊眼皮對某些人來說，竟然有這麼大的魔力。

但尤妮絲已轉變話題，開始催促：「那兩位男士八點會在和平飯店門口等我們。他們一定不敢相信自己的眼睛。」

當木蘭和尤妮絲離開星巴克，朝外灘方向前進時，外面天色已暗。在那棟三

○年代著名飯店的旋轉門前，站著她們的同學，也算盛裝赴宴：深藍色外套加上白襯衫，下身配搭卡其布長褲。

「瞧那兩個傢伙，真可愛不是？看起來好『英國』。」尤妮絲開始品頭論足。

「穿得那樣，他們看起來就像複製人一樣。」木蘭不懷好意地笑了起來。

「但希望妳還是分得出來，誰是誰？不然我們麻煩可大了。」尤妮絲開玩笑地威脅木蘭。「嗨，我們在這邊！」

兩人同時應聲轉頭，就好像有人拽了一下繩子一樣。雙胞胎瞪大了眼睛，好像第一次見到她們似的。情有可原，因為他們確實沒有看過班上女同學如此盛裝打扮。麥爾斯首先回過神來，上前深施一禮：「女士們到了！」然後就很紳士地向尤妮絲伸出手臂；木蘭則挽住了哥哥艾瑞克。

這次他們沒有穿過地下人行道往河岸方向去，而是繼續沿著兩側都是歷史建築的大街往前行。就在與綠色尖頂的和平飯店只隔兩棟大樓的地方，他們停下了腳步，木蘭看到門牌號碼是十八號。這棟雄偉的灰色大廈，就像其他的歷史建築一樣，在聚光燈的照射下，圓柱和窗龕顯得特別立體突出。他們走過一條全部是由大理石鋪設而成的華麗走廊，進入一個滿是珠寶和世界精品旗艦店的寬敞大廳，挑高的屋頂上是美麗的石膏雕花和巨型的水晶吊燈，木蘭看著眼前的景象，有一種錯入電影場景的感覺。他們到這麼一個金碧輝煌的宮殿裡是要幹什麼？

「尤妮絲，妳確定我們來對地方了嗎？」

「是的，就是這裡沒錯。」她指了指電梯，「我們要到七樓去。」

在搭乘電梯的時候，木蘭心中暗想，這個地方恐怕可貴了。

門口的「守衛」對他們仔細端詳了一番，終於揮手放他們進去。一行人於是踏進了一個燈光經過特別設計，整個空間都沉浸在一片大紅色調中的酒吧。上海的夜晚在這裡漸漸熱絡了起來。吧台附近已擠滿不少中年酒客，有西方面孔也有東方身影，每個人手裡都拿著一杯色澤鮮亮的飲料，慢慢啜飲，細細品味。雖然播放著節奏強烈的音樂，但舞池中還沒有太多動靜。尤妮絲拖著木蘭穿過舞池，向陽台走去；在露天平台上有另一個吧台，附近並散置著舒適的沙發。她們的身影吸引著男人的目光。

「這是為什麼我們要來這裡的原因之一。」享受完男人的注目，尤妮絲打開雙臂，向木蘭展示眼前的美景。

木蘭驚嘆了一口氣。映入眼簾的景象，幾乎讓她屏息。白天越過黃浦江瞭望浦東，景象就已經十分壯觀，現在放眼望去，只見到處是閃爍的光影和五顏六色的霓虹燈。摩天大樓的外牆全部變成了巨幅的廣告看板；造型設計大膽的建築，在光帶的勾勒下，曲線完整畢露在夜幕中；通體透亮的東方明珠塔，就像聖誕樹上的彩球吊飾一樣，明艷照人。這一切都映照在黑色的黃浦江上，五光十色的燈影，在波光粼粼的水面上閃爍不停。一面紅星旗垂掛在旁邊，夜晚的空氣濡濕溫潤。白天難以忍受的酷熱，入夜後卻讓人有另一種不同的感受，覺得好像穿上了一件薄如蟬翼的外衣，有保護卻無束縛。木蘭覺得自己彷彿懸浮在空中，但其實卻又腳踏實地。她終於確切地感受到，自己是生活在上海；真切地感受到，自己屬於紅色中國的那一部分。她深吸了一口氣，用雙手將自己的長髮往後一撩。

「真漂亮，對嗎？」一個陌生的聲音在身邊響起。木蘭尋聲轉頭。她因為完全沉浸在眼前的美景當中，根本沒有注意尤妮絲早就跑得不知去向。而眼前這個中國年輕男子站在這裡多久了？其他的同學呢？

「是啊，從這裡看下去，真是太不可思議了。」她聽到自己的回答。

「妳常常來這裡嗎？」

「沒有，第一次來。我剛到這個城市不久。」

「妳說話聽起來有點……呃……不太一樣。」

男孩試著盡量禮貌地表達，木蘭忍不住笑了起來。「我看起來也是有點……呃……不太一樣。直說沒關係的。我叫木蘭，來自慕尼黑。」

「我叫念申，來自台北。」

「所以我們兩個都……呃……有點不太一樣。」現在男孩也忍不住笑了起來。

「我可以幫妳拿杯飲料嗎？」

「好啊，但不要有酒精的，謝謝！」

「好，馬上就來。」新朋友轉身朝吧台走去。

木蘭看著男孩遠去的背影。他跟自己差不多高，臉上有著柔和的線條，留著半長的黑髮。因為額前有一綹頭髮老是掉下來，以致他在說話的時候，總會不時地甩頭，好將不聽話的頭髮甩離面頰。一條便褲、一件印花夏衫，他的穿著比雙胞胎還隨便。對了，那兩個傢伙到底跑到哪裡去了？這時頂樓平台已經滿是人潮，舞池中人影晃動。尤妮絲也不見蹤跡。

念申端了兩杯飲料回來，杯中插著彩色的吸管。「這種特調叫做『外灘上的微風』，但沒有加伏特加。」他遞給木蘭一杯。

「謝謝。」冰涼的水果雞尾酒沿著喉嚨滑下肚，「太棒了！」

「妳在上海做什麼？」

「上語言班。」

「但妳是中國人吧？」他看著她，眼中帶著疑問。

木蘭遲疑了一秒，沒有馬上回答。她是嗎？然後才說：「一半。我爸爸是德國人，我是在德國長大的。中文說還可以，但我不認得中文字。」

「我一開始也不習慣，因為在台灣我們用的是繁體字，而這裡用的是已經簡化的簡體字。」

「簡化？真是感謝啊，對我來說，已經夠複雜的了。」

「那妳課上得怎麼樣？」

「還可以，課程本身很ＯＫ。我今天就是跟我班上同學一起來的。」她再次眺望四周，尋找其他的人；這次木蘭在舞池的人海中發現了尤妮絲的頭，還向她這邊招了招手。「你呢？你在上海做什麼？」

「我這幾年都在上海讀書，今年剛考完高考。」

「喔，恭喜啊。相信一定很辛苦吧。我表哥明年要考，現在就已經拚得要命了。那你接下來有什麼打算呢？」

「我正在等大學的入學許可，想念歷史系。在那之前，就先在我爸媽的公司幫忙。」

「是什麼樣的公司啊？」木蘭有時也會因為好奇而問一些問題；但像現在她並不是隨口問問，而是真的有興趣知道——她對眼前的這個年輕人確實很感興趣。

「他們進口台灣的茶葉到中國來。這裡食安經常出問題，相信妳一定都聽說了，茶葉上尤其常常殘存化學藥劑及農藥等。這裡的中國人只要負擔得起，都會喝經過品管的台灣茶。」

「但你也是中國人吧？」木蘭想確定。

「當然。我母親是台灣人，父親這邊則是從大陸過去的。我爺爺是上海人，所以他們才給我取了這麼個好名字。」

「我就在奇怪，你的名字到底是什麼意思？『念』是想念的念，沒問題，但你想念什麼呢？『申』是什麼意思？」

「『申』是上海的舊稱，所以是『想念上海』的意思。我爺爺在台灣生活的時候，很想念他的老家，所以我就必須用這個名字行走天下了。」

又是一個在名字中背負歷史重擔的人。她叫木蘭，其實已經很幸運了。

「有這樣一個名字，我在台灣當然馬上就被『認出』是個外省人。」念申繼續說下去，「也就是說我是來自台灣以外的省分，雖然我根本就是在台北出生的。而現在在這裡，我和我爸媽雖然已經在上海住了好多年了，我仍然是個台胞——來自台灣的同胞。」

又是這個「外」字，一反手就把人推到外面去了。

「但在台灣住的也是中國人吧？」

「是沒錯，但那些更早就到台灣，不是一九四九才從大陸逃過去的人，有很多是視自己為台灣人的。妳瞧，中國人也有很複雜的認同問題。」

「但不管怎麼說，你替你爺爺達成了願望，回到了他的家鄉。」

「唉，是啊，現在是不成問題了。只要買張機票，不到兩個鐘頭就可以飛到上海。但對我爺爺那一代的人來說，台灣海峽是一道永遠也逾越不了的鴻溝。妳那邊的情況又是怎麼樣呢？」

「在德國的時候，我跟我中國的那一半問題可大了，因為文化認同各方面的問題。」

念申不可置信地看著木蘭和她身上的衣服。

「在我看來，怎麼不覺得有什麼問題。」他意有所指地笑著說。

木蘭微笑地看著眼前朦朧的夜景，突然之間，她清楚地意識到也感受到自己屬於中國的那一半；現在是發生什麼事了？她不禁自問。為什麼她可以跟一個才剛認識的陌生人，如此自然地講述她個人的事情？但木蘭就是覺得，這個男孩懂她在講什麼。

「我和我媽之間一直都有爭執。她總是要我學習中文，星期六還要特別去上什麼中文學校。有一天我受不了了，就來了個大罷工，當然就跟家裡起了很大的衝突。我爸媽於是決定下個猛藥，把我一個人送到上海來，強制『隔離』在中國三個月。我必須在這裡學習寫中文字，並且認識我的中國家人。」

「那妳適應得還好嗎？」

「你是說學習中文字？」

「不是，和妳的中國家人。」

「噢，他們其實都很ＯＫ。但我跟他們相處得越久，認識得越深，就越覺得奇怪。我外婆是個毛澤東的忠實信徒，但我媽卻移民到國外再也沒有回來過；表哥除了為高考整天拚命念書外，只要有時間就在網上到處繞路翻牆。現在我媽竟然還開始給我寫信，真正的信，寫在信紙上的喔！告訴我整個家族的故事，幫我認識這裡的中國家人。我很想知道，中國家庭都是那麼複雜嗎？」

「我想，你們德國家庭應該也好不到哪裡去吧？爺爺可能是個納粹，兒子卻是六〇年代積極的反戰份子，家裡也許還有一半的親人住在東德。」

「你很有概念啊。」木蘭讚許地說。難怪這個年輕男子想念歷史。

「台灣之前對兩德分裂及統一的議題非常感興趣。因為我們畢竟也是個分裂的國家，兩邊各自有著不同的政治理念。」

木蘭還從未接觸過這段歷史，關於那個位在中國大陸旁邊的小島，木蘭幾乎一無所知。

兩人一直聊著，木蘭完全沒有注意到，他們四周竟然已經人滿為患。露天平台上，人擠著人；舞池中揮汗扭動的身軀，不分國籍，盡情陶醉在週五夜晚的狂歡中。念申和木蘭必須靠得很近，才能在震耳欲聾的音樂聲中，聽到對方所講的話。

「妳想跳舞嗎？」念申在她耳邊吼著。

木蘭點點頭，於是兩人擠進已是萬頭鑽動的舞池。在搖擺蹦跳的人群中，尤妮絲的臉突然一閃而過。木蘭對著好友大力揮手，後者聳高了肩膀，面露不解。木蘭指了指念申，尤妮絲豎起大拇指表示讚賞。艾瑞克和麥爾斯還是不見蹤跡。

木蘭感覺到汗珠沿著脊椎一直往下流，她不敢想像自己身上的衣服，現在已變成什麼德行？但反觀念申，卻還是一派神清氣爽，身上的花襯衫像是剛從衣櫃裡拿出來的一樣。從小在亞熱帶濕熱的氣候下長大，就是不一樣。

他們盡情地舞動，直到筋疲力竭。木蘭終於將這幾週來，所有承受的有形無形壓力，全部用力甩開。現在回頭想想，生活在一個文化差異如此之大的環境中，隨時都在害怕出錯，擔心惹人討厭，那感覺真累！現在終於能擺脫所有顧忌，徹底放鬆身心，這感覺真好！

當兩人再度四目相交，木蘭偏頭往旁邊點了點。念中遂抓住她的手，帶她穿過重重人群，擠出舞池。

費了很大的力氣他們才又「搶」回原來在陽台上的位子。就這樣兩人憑欄遠眺，天南地北地又聊了起來；在他們身後，上海的夜生活才正要熱鬧開演。河面上涼風徐徐，舒適宜人。眼前的美景，溫潤的空氣，加上身邊的男伴，木蘭雖然沒有喝任何含酒精的飲料，卻覺得醺然欲醉。她再次肯定，和這個男孩可以無話不談。他雖然是中國人，但瞭解身處異鄉的感受；他看待事情的眼光和一般人不同，因為他能從歷史的角度，來客觀分析所有的事物。

當兩人再度擠進舞池，音樂節奏已換成了慢版。念中將雙手放在她的肩榜上，他們隨著音樂輕輕搖擺。當彼此的身體互相靠近，木蘭感到心底一陣悸動。雖然擠在人群之中，她卻覺得好像只和念中獨自存在於一個時空膠囊之中，與世隔絕，一切靜止。她可以就這樣一直和他共舞下去，直到天荒地老。但瞥了一眼腕上的手錶，時間卻沒有給她這個特權。已經十點多了。

「我得走了，十一點以前我必須到家。如果沒準時回去，他們以後就不讓我再出門了。」

「這個險我們可不能冒，」念申一邊說一邊對木蘭眨眨眼，「我希望我們還能再見面。」

「我也希望。」木蘭回答得簡單明瞭，也是心中所願。

「我們去叫輛出租車吧。」

木蘭伸長了脖子，希望能看到她的同學，但一個也不見蹤影。現在沒時間因為他們而耽擱了。木蘭飛快在腦中盤算，要如何再次變裝？讓念申一起跟著，照原訂計畫到廁所去換衣服，打死也不可行。她寧願冒險讓全家看到這身行頭，窮追猛問，也不能在念申面前出那麼大的醜。

下樓到了大街上，念申問明了木蘭的地址，遂招手試圖叫一輛出租車。很快地從熙來攘往的車陣中竄出一輛來停靠在路邊。「第十人民醫院。」念申交代司機。

木蘭內心天人交戰，不知在正式道別之前，要如何不露痕跡地交換一下彼此的手機號碼？念申突然滑進車廂，和她並肩坐在後座。

看到木蘭一臉驚訝，念申笑容滿面地對她說：「妳不介意我送妳回家吧？我總得確定妳平安到了才行。」

「噢，當然不介意。不過我要先給尤妮絲寫個短信才行。」為了掩蓋心中的慌亂，木蘭掏出了手機。她也確實欠尤妮絲一個解釋，而且這正好可以把話題帶到互換電話號碼上。念申好像能讀懂她的心思一樣，就在木蘭輸入訊息的時候，他拿出了他的蘋果手機。

「既然妳手機都拿在手上了，就順便把我的號碼也一併輸進去吧。」他把號碼告訴木蘭，她回撥一次，行了。接著兩人就並肩默默坐在車裡，出租車則呼嘯駛過高架道路。不久木蘭認出了路上的建築，知道下一個出口就要下高架橋。

「在對面那邊就到了。」木蘭指著對街的方向。

「啊，你們不是要去醫院？」司機先生驚訝地問。

「不是，我是住在醫院對面。」木蘭連忙解釋。司機二話不說，就在交通繁忙的十字路口做了一個九十度的大轉彎，然後把車停在小區的入口前。木蘭伸手拿起身旁的背包，念申已經下車並幫她開好了車門。她掏錢要付車資給司機，念申開口表示：「不用了，我還要繼續坐呢，反正順路。」

「至少這一段讓我……」

「很高興能認識妳。」他打斷了她的話，「真的很希望我們還能再見面。」兩人現在面對面站著，男孩微帶靦腆的表情，讓木蘭更覺得他親切可人。

「我也是。謝謝你的飲料，謝謝你送我回家。」

「我的榮幸。再跟妳聯絡囉。」

這裡的人教養都這麼好嗎？還是亞洲人一般都這麼有禮貌？木蘭正打算轉身朝小區大門走去，念中突然伸手將她拉近自己，並在她臉頰上羞澀地輕輕一吻。

「再見。」

然後男孩就迅速消失在出租車的後座。木蘭朝他揮揮手。當她走進小區，大門的警衛對她行了個軍禮，同時意味深長地笑著。

現在只剩下最後一個任務：不被看見地溜回自己的房間。今天是木蘭第一次沒有嫌棄樓梯間昏暗的燈光；到了這個時候，各家廚房也幸好都沒了動靜。上到四樓，她用鑰匙輕輕打開房門，客廳裡沒有點燈，也沒有人在。木蘭手裡拎著涼鞋，光腳輕輕走過昏暗的穿堂。從舅舅、舅媽的臥室門後，傳來一陣壓抑的咳嗽聲。她沒回家，那兩人自然不可能闔眼；表哥也一定還掛在網上，但木蘭還是很高興，至少現在不用信口開河，為身上的衣服說謊。踮著腳尖她悄悄溜進了自己的房間。

一壺茶和一個吻

第二天，木蘭整個人都有點魂不守舍，隨時都在盯著手機看。但只有一則尤妮絲的簡訊進來：「星期一妳要給我好好地交代清楚！」至少好友聽起來，並沒有責怪她昨天晚上意外的演出。

吃午飯的時候，Oma突然提出了一個令人驚喜的建議：「等會兒我要去城隍廟拜拜，妳想一起來嗎，木蘭？」

「好啊。」木蘭一邊回答一邊卻想不透，這中間怎麼竟然沒有衝突？她認識的外婆是個狂熱的毛澤東追隨者，同時又是標榜以「理智為上」的孔老夫子的忠實信徒；但顯然老太太也很喜歡跟靈異世界打交道。但「拜拜」又是什麼意思？外婆是在說英文嗎？她是要跟誰說再見？

「你去廟裡幹嘛，奶奶？想要把廟裡的神都帶向黨的路線嗎？」表哥故意逗弄老太太。木蘭現在已經知道，表哥口中的奶奶也就是她的外婆。

「不准跟神明開玩笑，孫子。」奶奶訓斥著晚輩。每當外婆跟表哥談到嚴肅的話題，她就不會再叫他小虎，而是將輩分直接點明，確認地位跟權威。「去廟裡拜拜，確保神明的保佑，總是好的。」

「那要怎麼做才對呢，外婆？」木蘭很想知道。她人類學家的研究精神又被喚起了

「等會兒妳看了就知道了。」

剛過中午兩人就出發了。想不到今天地鐵上，竟然還有空位。外婆利用搭車的時間，跟孫女細說從頭。「每個城市都有它自己的城隍廟，廟裡供奉的就是這座城的守護神。我們這位大概是在西元前一百年左右的一位清廉有守的官吏。那時候上海還只是個小漁村，但他英勇抵抗了海盜的侵襲，所以後來成為上海的聖人，像神明一樣受人敬拜。」

「這樣的好官，你們今天恐怕也很需要。」木蘭在德國的時候，就經常讀到有關中國政府官員貪瀆的醜聞。

「這話妳盡可大聲地說出來。」Oma訕笑著表示贊同，「而現代的『海盜』，就是那些吃人不吐骨頭的房地產大白鯊。」

「但妳為什麼要去拜祂呢，外婆？」木蘭已經私下跟表哥請益過，知道「拜拜」就是用香或是其他祭品，到廟裡去求神明保佑或是指點迷津。

「我們現在要去的這座廟，是上海最老的一座城隍廟，裡面還供奉了一些道教的神祇。譬如說管錢的財神爺，如果能有祂的庇佑，那我的那點退休金就不用愁了。至於妳，我會建議拜一下文昌君，祂是執掌文運與學識的，可以保佑妳考試順利成功。」

「有那麼簡單嗎？」木蘭無法想像，一位掌管學識的中國神仙，為什麼要特別關照一個在上海語言學校學中文的學生？而且還是半個外國人？但外婆已不再繼續這個話題，關於信仰，是沒什麼好討論的。

到了城隍廟站，出了地鐵，祖孫兩人沿著熱鬧的街道，信步朝目的地走去。南京東路是觀光客和當地居民都喜歡來逛的購物大街，這裡的商店在週末都不休息，而且星期六顯然是備受歡迎的「家庭購物日」。當她們轉往老城的方向邁進，身邊的人潮更加擁擠了起來。也難怪愛去老城的人特別多，在整修過的舊屋和拱廊裡，到處都是商店和攤販：餐廳、銀樓、服飾店、賣各種紀念品的攤位；當然，還有數不清的小吃和各式街邊美食。「熱鬧」是中國人最喜歡的氣氛。

城隍廟就位在這熱鬧購物天堂的中央，所以也完全不會給人「神聖莊嚴」的感覺。那些畫得五顏六色的神像們，讓人首先想到的是歡樂的遊樂場。木蘭想像著，某些面目猙獰，還挺嚇人的雕像，其實滿適合在鬼屋裡作為嚇人的道具。

廟門上掛著一幅巨大的黑漆匾額，Oma將上面的題字翻譯成現代中文給她聽：「誠實待人，晚上才睡得著；多行善事，神明自會知道。」

木蘭有突然被逮到的感覺。她不是昨天才對她的中國家人撒了一個漫天大謊嗎？因為滿腦子想的都是念申，結果一個晚上都沒睡好。和他相遇的情景，不斷出現在她腦海中。

Oma領著木蘭，走到城隍廟前院一個賣香燭、紙錢和其他供品的攤販，在那裡買了兩把香。前院的中央站著一個大香爐，她在爐前把香點燃，塞了一把到木蘭手中。這下好了，就在這裡認錯請罪吧！手裡拿著香，木蘭踏進了城隍廟。

「這對老人及行動不便的人來說，可一點也不友善啊。」她一邊抬腳跨過高高的門檻，一邊抒發己見。

「但卻能阻擋惡鬼的進入。因為他們跨不過高門檻，走路也不會轉彎。」

木蘭轉頭看著外婆，後者一臉嚴肅，一點也沒有開玩笑的意思。對老太太來說，無條件追隨毛主席，和無條件相信神明，顯然一點也不會衝突。

「中間那位就是城隍爺霍光，站在他左右兩邊的，則是他的文武判官。」走進大殿，外婆繼續為孫女導覽。

木蘭對上海守護神行了三鞠躬，並將手上的香，插了幾束在神桌前的香爐裡。她發現香爐內已經有很多人表示過敬意。同樣的動作木蘭在文昌君的神座前也做了一次。但她確信，手機中練習寫漢字的軟體，絕對比較能保障她考試的成績。最後她們也去探望了一下財神爺。在那位掌管經濟大權的神像前，外婆鞠躬行禮，表現得特別虔誠。然後木蘭隨著外婆穿過一個迴廊，走廊兩側的玻璃櫃裡，密密麻麻坐滿了一排排的神像。

「這些又是誰啊？」木蘭想知道。

「這些都是太歲神，」外婆告訴孫女，「妳是龍年生的，對嗎？」

哈，所以外婆早就知道了，木蘭點頭。

「西元兩千年是主金。中國人以五行和十二生肖循環相配，形成六十甲子，然後再以神名相配，就形成了坐在妳眼前的這六十位年歲神靈。現在我們只需要找到負責守護妳的本命太歲就好。」Oma沿著長廊往下走，同時瞇起眼睛仔細讀著每個小牌子。「找到了！左邊上面那個就是了。」她指著最上層一個小小的木雕神像。

木蘭不禁想起了天主教會裡的聖人們，只是他們負責的工作跟這邊的不太一樣。那些聖人被分派守護的對象，跟生辰八字沒有關係，大多數是跟職業有關，好比說：佛利安是保護人不受回祿之災；安東尼司是幫忙尋回失物；克里斯多夫則是保護在旅途中的人。

木蘭仔細端詳著她的守護神：這個留著長長黑鬍子的小木頭人，看起來實在不像是個有能力影響她命運的人；但她又不想完全摒除這個可能。既然外婆都能那麼相信，而且跟所有的神明都保持良好的關係，那她為什麼不可以呢？再說，木蘭心裡也已經有了一個殷切的盼望。

念申又再度浮現在腦海中。她還會再見到他嗎？他也同樣這麼希望再見到她嗎？他現在也正在想著她嗎？

「外婆，我可以跟祂求一件事嗎？」木蘭指了指那尊小人。

「當然，但不要『病急亂投醫』喔。」外婆又引用起先人的智慧來，同時審慎地打量著孫女。

木蘭的情況當然不至於到「病急」的程度，最多也就是戀愛了。但難道外婆，偏偏是外婆，看透了她的內心嗎？

老太太很有耐心地讓孫女在守護神面前先恭敬行禮，然後默默祈求完畢，這才開口問道：「木蘭，昨天晚上到底是誰送妳回來的？」

木蘭嚇得差點兒岔了氣。怎麼，Oma是有讀心術嗎？她是怎麼知道的？木蘭在腦海中迅速回想，漸漸理出頭緒。當然了，一定是門口的警衛。昨晚他看到她從出租車上下來，也看到她和念申彼此道別。一定是他，一大早就把消息散布到晨運的團體中，那些老先生老太太哪有什麼別的事好做，自然是在做早操時，打鐵趁熱地把經過全講給外婆聽了。

「是我班上的一個男同學。」話到嘴邊，木蘭突然想到了廟門上的警語，於是轉口道：「他叫念申。我和尤妮絲看完電影後又去了一間酒吧，和他是在酒吧認識的。」不管怎麼樣，至少有一半是實情。

「喔，是來自叛變的那個省？」外婆一聽就聽出了那個名字後面暗藏的玄機。對老太太來說，台灣從始至終是中國的一部分，不會變。「至少他很有教養，顧慮到了妳的安全。」

「他和他爸媽一起住在上海，他們進口台灣的茶葉到中國來。外婆，拜託先不要告訴其他的人這件事好嗎？」

外婆揚起一道眉毛，頗富深意地看了木蘭一眼，甚麼話也沒說。接著就咧嘴一笑，露出她那顆其實是錫做的假金牙。

木蘭作夢也沒想到，嚴肅又嚴厲的外婆，竟然有一天會跟她變成同一國的。

「我們現在去找點東西吃，今天我不需要做飯。」

她們經過一個小湖，湖中央矗立著一座古色古香的小樓。整棟樓房就跟木蘭想像中的中國建築一模一樣：尖尖的屋頂，上釉的磚瓦，飛翹的屋簷，還有很多精緻的木雕。

「那是『湖心亭茶樓』，知道為什麼通往茶樓的那座橋那麼曲曲折折嗎？」

「因為惡鬼只會走直路。」木蘭應聲回答。

「聰明孩兒。」外婆滿意地笑起來。「但我們不進去那裡，那裡是騙觀光客的地方，就像這裡其他的景點一樣。」她不屑地指著眼前那些傳統式的建築，「全都是新蓋的。我像妳這麼大的時候，只要花一點點錢，就能在城隍廟四周的小攤子上、小館子裡，吃到最好吃的東西。幸好現在還有幾家在。」

外婆帶著她朝街邊一個小吃攤走去，所謂的「攤子」就架在攤販的載貨腳踏車上。他們兩人顯然認識。「好久不見了，老太太。」老闆禮貌地跟外婆打招呼。在一個煎盤上，蔥油餅正在滋滋作響。等餅煎好了，老闆熟練地用鏟刀將其切成一塊一塊，堆成一落，再放進一個褐色紙袋中。他一邊遞給木蘭一邊對她說：「中國披薩，to go！」

木蘭一聽就氣從中來，我又不是沒有概念的觀光客！但那張熱騰騰、油滋滋、風味絕佳的蔥油餅，馬上就讓她消了氣。祖孫倆津津有味地嚼著餅，朝地鐵站走去。

晚飯的時候，木蘭的手機突然鈴聲大作。這支手機她今天一整天片刻不離，沒有絲毫動靜；卻偏偏現在響了起來。這個不熟悉的鈴聲，讓所有的人都轉頭四下張望。木蘭受託客居在此，全家人都覺得對她負有責任，來電想當然爾，也是必須列入「監管」的事項。至於主客兩邊其實都可以有一些私人的空間，好像沒有人會想到這一點。木蘭感覺到自己整個臉都紅了起來。

「一定是班上同學打來的，因為家庭作業。」她著急著解釋，並馬上躲進了房間。所有的人都驚訝地看著她的背影，外婆則露出了一抹微笑。

「喂？」

「我是念申，打擾妳了嗎？」

木蘭覺得心臟猛跳了一下。「嗨，沒有，一點都沒有打擾。」除了：我們全家正在吃飯，而所有的人都急著想知道，是誰打電話給我！

「我想問妳，明天下午願意跟我去一家茶藝館嗎？」

「嗯，好；呃……茶藝館？喔，好啊，太棒了，當然。」木蘭一緊張，連講中文也不靈光了。尤其因為是講電話，看不到對方的臉，情況就更糟糕。她拿著手機，楞在那裡，直到腦海中浮起了相對應的德文字，才勉強翻譯說出來。「妳可以兩點的時候到衡山路來嗎？地鐵一號線有一站就叫『衡山路』。我會在車行進方向那頭的出口等妳。」

「地鐵一號線，橫山路，行進方向，」為確保安全，木蘭重複著重要訊息，「下午兩點。」

「沒錯，很高興能再看到妳。明天見。」

「我也是，再見。」

回到餐桌上，木蘭不動聲色地宣布：「是尤妮絲，我們明天下午要在她那裡碰面。因為這個週末有太多功課了，一起做會比較快。」

「妳表哥一定也可以幫忙的，對吧，小虎？」舅媽提出另外的意見。表哥雖然很盡責地點了點頭，但始終不停地在打著他的手機，臉都沒有抬一下。

「讓她們去吧。這個年齡的女孩子總有說不完的話。」外婆適時表達了意見；這次很例外地沒有引用先聖先賢的話，而像是在分享自己親身的經驗。木蘭感激地看著外婆。

木蘭一眼就看到了他，站在票口外面等著她的念申。但她沒有出聲招呼，只悄悄注視著這個男孩，靜靜享受凝視他的片刻。男孩引領企盼，四下張望，一綹黑髮掉到額前，他略帶不耐地用手撥開。終於兩人的目光交會了，他整張臉的表情化為一個燦爛的笑容。

「哈囉！」他用力揮著手，木蘭也朝他揮手。她將搭乘地鐵的電子票放上讀卡機，閘門瞬間開啟。

第一時間兩人有些尷尬；但念申馬上就很有禮貌地伸出手接過木蘭的背包，化解了相對無語的僵局。

「我必須帶著背包，因為我是去尤妮絲家做功課。」木蘭作出解釋。

「妳的家人那麼嚴格嗎？」

「不是嚴格，是過度關心加上超級好奇——讓人很累的一種組合。」

他們從地鐵站出來，置身在一條餐廳酒吧林立的街上。

「這裡是觀光客很喜歡來的地方，」念申跟木蘭說明：「尤其到了晚上，來晃蕩的老外特別多。但在旁邊的一條巷子裡我知道有一家小茶館，是台灣人開的；主要是他們家的茶絕對沒有問題，因為用的是我們進口的茶葉。」

「真方便啊，等於多了一間自家的客廳可以招待客人！但我必須先申明，對茶我是不太懂的，我們家裡只有裝在茶包裡的黑茶。」

「你們的『黑』茶在我們這裡叫『紅』茶，不過在中國還是喝綠茶的人多。茶葉基本上都是一樣的，差別只是在於採摘之後處理的方式不同。而且茶包是大忌，絕對不要喝。」

穿過一個竹籬笆，他們進入了一個小花園，園中有一座簡單的木造房屋，茂盛的紫藤爬滿了外牆。才走過幾步石階，木蘭就有一種已把整座城市隔絕在身後的感覺。茶館的老闆娘是個身材嬌小、精神奕奕的女子，站在一進門的地方，招呼念申就像招呼家人一樣。他們被帶至一間用推門隔開的小廂房，房間裡鋪著榻榻米，進去之前必須先脫鞋。木蘭看了一眼自己的襪子，還好沒有破洞，暗自鬆了一口氣。

老闆娘點燃了一個小瓦斯爐，開始燒水；同時遞給念申一本線裝的冊子，看起來就像是餐館裡的菜單一樣。

「不用看了，阿姨。我們要阿里山的烏龍，再配點茶食就好。」念申真的稱呼那位老闆娘「阿姨」！當然，她不是念申真的阿姨，這是中國年輕人對較年長婦女的一種尊稱。

老闆娘將門在身後關上，念申順手推開了房間另一側，面對內院的一扇拉門。呈現在眼前的，是園內各式的石雕、石燈籠，還有一條碎石小徑。花園雖小，卻讓人感覺擁有無限的空間。

兩人在一張還不到半米高的小桌前，盤腿席地而坐。

「我怎麼覺得這裡所有的東西，都充滿了日本味。」木蘭環視著四周的擺飾：

牆上掛著的是一幅捲軸畫，隨處放置的都是拋過光的木器和漆器，還有那些四四方方縫著黑邊的草席坐墊，散發著宜人的草香。

「妳說的沒錯。台灣曾被日本統治了五十年，受日本的影響很大。我們台灣人跟日本人的關係，要比中國人跟日本人的關係好得多。二次大戰期間，日本在中國造成的傷害太大了。」

木蘭漸漸有點搞不清狀況：本來是「我們台灣人」和「他們中國人」，現在怎麼又跑出來「那些日本人」了？但木蘭現在不想就這個問題問下去，她到這裡來，不是為了談論政治。

老闆娘端來了一大盤看起來非常具有異國風味的零食和一小袋蜷縮起來的茶葉。水燒開了，念中熟練地從茶几上拿起各式小器具，開始泡茶。他先用滾水把一個陶土做成的小茶壺淋澆了一遍，然後再將茶葉放進壺裡。那個迷你小壺就跟木蘭娃娃屋裡的茶具差不多大小。

「這麼小個壺，裝不了多少茶葉啊。」木蘭一邊發表意見，一邊驚訝地看著念中竟然把第一泡的茶給倒掉了。

「別擔心，一壺可以沖四到五次。茶葉的香味通常在第二泡的時候才會真正散發出來。好，這杯給妳，嚐嚐看。」他將淡綠色的茶倒進一個小茶杯中，白釉的內杯將茶色襯托得完美無瑕。「先聞一下，再喝。」

木蘭將茶杯湊近鼻子嗅了嗅，然後啜了一口，又一口，努力想嚐出，除了入口時那抹苦澀外，還有什麼其他特別的味道。念申滿臉期待地看著她，讓木蘭不禁想到在慕尼黑的老爸。每當他從地下室特別挑了一瓶紅酒出來，也是這個德行；總是大發宏論強調葡萄的年份、產地、品種、香氣、後味等，用只有他才懂得的語言，描述他才懂得的享受。不知一個人的味蕾，是否也會受到文化的影響？

「不同茶中間的細微之處，是要喝一陣子才喝得出來的。」看出她的不確定，念申好心安慰，「我是喝茶長大的，也可以說，在我喝母奶的時候就已經開始品茶了。」

木蘭察覺到自己的一隻腳開始發麻。拜託，不會吧。她想悄悄地、不被注意地換個比較舒服的姿勢。

「習慣了就好。」念申安慰木蘭。什麼都逃不過他的法眼。

是啊，說得容易；木蘭一邊心裡嘀咕，一邊用手按摩著麻癢的腳後跟。她有一個預感，自己如果去參加「適不適合做中國人」的測驗，恐怕在很多項目她都過不了關。

但隨著時間的過去，木蘭愈來愈能放鬆自己。他們津津有味地嚼著堅果和蜜餞，木蘭談她位在德國南部的慕尼黑，念申則聊他位在台灣中部的阿里山；山腳下是他生長的地方，山坡上則是茶栽種的地方，也就是他們現在正在享用的綠茶。

這個男孩到底具有什麼魔力，竟然可以讓她如此想知道他的一切，也如此想告訴他關於自己的一切？是因為他總是專注傾聽，深情相望，而且能切中主題地與她交談嗎？態度誠懇卻又能語帶詼諧。念申和木蘭認識的其他男孩比起來，是那麼不同；他成熟、有人生經驗，充滿了魅力。

兩人的談話只被打斷過一次，一位年輕的服務生進來，幫他們加煮茶的開水。木蘭意識到，這樣的茶藝館和ＫＴＶ的功能其實一樣，是為一般老百姓在極端侷促的居住環境中，提供一點私人的空間。在ＫＴＶ是可以肆無忌憚地盡情吶喊，在這裡則是可以享受片刻的寧靜。就像泡一壺茶一樣，人對空間及時間也有一定的需求——但時間已在不知不覺中飛快而逝。木蘭看了一下手錶，已經五點半了——如果她還想準時回家吃晚飯的話，現在非走不可了。為什麼跟念申在一起，時間總是過得特別快？根本還沒有講什麼話，怎麼就已經那麼晚了？而她還有好多好多話想跟他說啊，怎麼辦？

「抱歉，我得走了。」木蘭一邊說一邊穿上鞋子。這次她採取了主動，在念申的臉頰上給了一個告別吻。在屋裡親總比在外面被人看見了好。這次輪到念申楞在原地。「我自己找得到路出去，謝謝你的邀請。這裡很棒。我們再通電話。」一口氣說完，她留下念申一個人在房間裡，快步走出了茶館。

為了獻出這個「處女吻」，木蘭可是鼓足了最大的勇氣。在走去地鐵的路上，木蘭對自己的行為感到非常驚訝。一切怎麼會發展得那麼快？在認識的第一天晚上，她就和念申說了很多根本不可能告訴別人的事。不需多問，彼此就能心意相通；對這個男孩，她全然信任，全心悸動。木蘭已經很確定，自己無可救藥地愛上了他。雖然以前從來沒有戀愛的經驗，但所有的「症狀」都再清楚不過。在浪漫的少女小說中，總是用「心裡小鹿亂撞」來形容戀愛的忐忑不安。但那根本不足以形容她現在的感覺於萬一。木蘭身上每一吋肌膚，都沉浸在幸福中，每一個細胞都在歡唱低吟。她多想放聲吶喊，不需要理由地全心吶喊。

到站下車的時候，木蘭必須再次提醒自己，剛剛是去了尤妮絲那裡，為了是在一起做家庭作業。

星期一木蘭到學校的時候，尤妮絲已經等在那裡，她把木蘭拉到一邊。

「星期五跟妳一起走的那個帥哥是誰？」

天啊，這中間真的只過了三天嗎？

「那是念申，來自台灣。」

「還有呢？他送妳回家了嗎？」

於是木蘭把星期五晚上的經歷，包括那個最後的晚安吻，還有昨天去茶館的事，都一五一十地據實以告，尤妮絲安靜聽完，而木蘭也終於提出了她關心的問題。

「那你們呢？抱歉，那天沒能顧到艾瑞克。」

「別擔心，那兩個可沒閒著，很快就跟一群英國女生打成了一片。妳知道的，那種金頭髮、大白牙、胸大無腦的女人，她們看見雙胞胎就跟發了神經一樣⋯『哎喲，來自伯明罕的中國人吔，真是太可愛了！』對她們來說，有了溝通無礙的中國男人陪著，整個晚上就不會無聊了。而那兩個傢伙當然也就跟著她們走了，留我一個人在那裡，真是可惡透了！還說什麼一起出遊呢。」

木蘭雖然感到有點兒良心不安，但還是忍俊不住笑了出來。偏偏是尤妮絲，最希望有所斬獲的尤妮絲，最後卻是空手而歸。

三個音節能表達的事

家裡一切按部就班，照著日常進行。舅媽和舅舅每天去工作，表哥和木蘭各自去上學，外婆則負責煮好晚餐，等所有人回家以後，可以同桌享用。這個家庭就像一個分工良好的小團體，各有其位，各司其職，包括木蘭在內。

但木蘭還是覺得，情況似乎跟從前有點不一樣了。顧慮她認識的中文字太少，念申和她聯絡的方式都是用電話。因為如果是寫簡訊，她很可能會看不懂，就更不用說怎麼回覆了。每次在地鐵上看到那些年輕人，飛快地在手機上打著字，木蘭都非常羨慕。中文不像德文，一個字要用好幾個字母去拼；中文一個字就具有一個字完整的意思，所以在輸入的時候，甚至比打德文還快。當然，前提是如果會打中文的話。木蘭多希望自己也能這樣，三兩下就寫成一則簡訊呀！

認識念申後，她也更喜歡去上語言學校了。那些以前只覺得是必須盡的煩人義務，現在木蘭都把它當作是對自己能力的挑戰。中文是她和念申共通的語言，她想用這個語言跟他分享自己所有的感覺，包括所有細微的體驗。才剛脫離媽媽強制學中文的束縛，木蘭腦袋瓜裡的死結卻好像一下子全解開了，被封住的腦漿全化開了，連所有的神經突觸也全都張開了！真是沒有比愛情更好的語言老師。

他們之間已經有了默契，每天早上木蘭在去學校的途中會打電話給念申，如果念申的父母不需要他在公司幫忙，他們下午就相約碰面。

連尤妮絲也發現，情況好像跟從前有點不一樣了。

「今天下午妳也一起來嗎？我們要到上海環球金融中心上面去。妳知道的，那個開瓶器。它的觀光天閣位於大樓的最頂端，從那裡俯瞰上海，風景一定棒透了。」下課後尤妮絲宣布下午的計畫。

「抱歉，我已經有事了。」

木蘭還來不及進一步說明原因，尤妮絲已經不滿地表示：「妳現在一天到晚都跟那個傢伙膩在一起，那我們呢？我們可是妳的戰友啊！妳難道都沒時間給我們了嗎？」

沒錯，「時間」正是問題所在。自從認識念申以後，木蘭突然隨時隨地都可以感覺到它的流逝；「時間」突然變成一種有限的、所以也極其珍貴的寶物。她要如何跟尤妮絲解釋，她一點也不想到那棟高樓上面去；對她來說，上海現在的「最高點」，就是跟念申一起坐在外灘公園兩人的長凳上，聊天談心，然後一起從下面仰望那些高聳入雲的摩天大樓。只要她準時回家吃晚飯，沒有人會過問她的去處，下午的時間是屬於她自己的。

吃晚飯的時候也不再像一開始那樣，盡是對她的交叉「審問」；現在圍著桌子而坐的，不再有客人，只有家人。聊的盡是日常生活瑣事，說的全是鄰居同事的是非，當然更少不了家人之間的爭辯鬥嘴。

「你們聽說了嗎？樓下陳家新買了一輛新車，一輛Ostwind，但車子不准開進小區！但外面因為到醫院探病的人多，所以他們每天都為了找停車位而傷透腦筋。」舅媽報告了一則新聞，不無幸災樂禍的意思在裡頭。「我家裡有車，但買完菜還是得大包小包地自己拎回去，那要輛車幹嘛？」

「是啊，所以你們有個老媽子啊。」外婆酸意十足地回了一句。當老太太覺得自己為家裡付出的心力不夠被尊重時，心中總是不大樂意。

「唉呀，媽，我不知跟您說過多少次了，重的東西我和小虎晚上回來會去買。」舅舅忙著安撫。「我們已經很感謝您為我們大家準備晚餐了。」

舅媽更是忙不迭地附和：「媽，如果沒有您的話，我真不知道咱們這個家要怎麼辦才好？」

這時又輪到外婆展現氣度了，她擺擺手：「好了，別瞎說了，孩子們。我很高興能幫得上忙，這都是理所當然的嘛。」

「現在堵車也越來越嚴重，」舅媽於是又重拾話題，「幾乎沒有人騎自行車了。」

「腦子壞了才騎車呢。若要騎車，就等著被那些開休旅車的人掃到街外頭去吧。」表哥表達了意見，還不忘加上一句：「但要是逮到了這種超速的人渣，他們還會告訴你：『我爸爸是李剛！』」

大家都點頭表示同意，只有木蘭看著整桌的人，一頭霧水。「誰是李剛？」

整件事情，「李剛是河北一公安分局的副局長，」表哥好像早就等在那裡要跟木蘭解釋

「他兒子開車撞了兩位女大生，其中一位傷重死亡。當保安將他攔下來的時候，他竟囂張地高喊：『有本事你們告去，我爸是李剛！』。那件事若不是因為在網上引起了軒然大波，一定會被警方吃案吃掉。那是網民第一次群起圍剿貪汙，揭發權貴關係；肇事的兒子最終被判了刑，作父親的也公開替他道歉。」

「在我們那個時代，反革命份子都是頭上戴著寫明他罪狀的高帽，然後被綁在公開場合的刑柱上，他還要自己寫自白書反省。」外婆插進來表示意見。

「互聯網也算是一種公開場合，奶奶。」

「你們這些現代的東西我搞不懂。」老太太嘟囔著。

木蘭對表哥更加刮目相看了；這人成天都在做什麼啊？他是不是也在互聯網上參與這樣的活動？每天晚餐後總是帶著電腦消失在臥房，或許不只是在做家庭作業，而是也在網上搜捕貪腐的高幹份子，挑戰那些被封鎖的網頁？

下課後木蘭和念申約在人民廣場站碰面。她現在已經知道如何從那些錯綜複

雜的路線中理出頭緒，她已經學會如何在上海市區找到方向：東西向較長的街道分成兩段，南京東路通往外灘，南京西路則通往相反的方向，分界點就在人民廣場；而南北向街道的分法也大致一樣。一旦弄懂了規劃的原則，也就不會迷路到哪裡去了。木蘭目標明確地朝南京西路的出口前進，那是念申跟她約好碰面的地方。他並沒有告訴木蘭這次要帶她去哪裡，只跟她說：「給妳一個驚喜。」有這樣一個內行的導遊，真好！

念申看到她時，臉上立刻露出燦爛的笑容，木蘭感到心中一陣甜蜜；她也一如往常，笑臉相迎。他們現在已經很坦然面對彼此的感情，念申張開雙臂迎接她，木蘭投入了他的懷抱之中。

「吃飯了沒有？」念申首先就提出了這天下第一問。「我是真的問妳吃過飯了沒有？」他緊接著又加上一句。

「還沒。」木蘭回答。一下課她直接就趕來人民廣場，屬於他們兩人的任何一分鐘，都不想浪費。

「那好，今天我們去吃一點甜的。」念申一邊說一邊領著木蘭，沿著種滿梧桐樹的南京西路往下走。「這裡以前是上海的公共租界，二次大戰前由美國人和英國人負責管理。三〇年代這裡有很多外國的商店和餐廳。天津最有名的一家德國咖啡館『起士林』，後來在上海開了分店，到今天一直都還在。」

他們停在一棟掛著「新起士林」招牌的老式建築前面。「我是猜，妳或許會想吃一點家鄉口味的東西。這裡有蘋果捲，Ape-fel-ste-lu-del。」

「是Apfel-strudel。」木蘭楞了好一會兒才想明白，念申用中文音節斷法所說出的是哪個德文字。她以正確的發音重說了一遍，禁不住笑了起來。

「真不知道妳怎麼辦到的，能將那麼一長串的子音發出來？但不管怎麼樣，聽起來就挺好吃的。」

他們走進去，彷彿置身在慕尼黑或維也納的一家咖啡館裡，深色的木質壁板，典型的咖啡座椅，精緻的水晶吊燈，還有在一進門的地方，就有一個大型的蛋糕玻璃展示櫃。兩人坐定後，木蘭發現天花板上甚至畫著美麗的圖案，粉紅肌膚的金髮小天使，光著身子嬉戲在藍天白雲間。

服務生過來招呼，念申點了兩杯咖啡和兩份加上鮮奶油的蘋果捲。「我想，茶可能不太搭配。」木蘭同意地點點頭。對他為滿足自己的「德國口腹之欲」所做的努力，滿心感動。

厚厚一大塊溫熱的蘋果捲，加上半融化的鮮奶油，念申一邊讓木蘭享用著家鄉甜點，一邊跟她講述二次大戰前上海的情況，因為被不同的外國勢力霸佔，整座城被劃分為多個租界地。

「一九三八年以後，除了原本就生活在這裡的外國人之外，還來了很多德國及奧地利的猶太人。他們之所以可以流亡到上海來，是因為這個國際性的大都市沒有統一的行政管理機關。當時所有的國家都關閉了移民的窗口，只有這裡不需要簽證也不需要保人，只要買了船票就可以進來。」

「不懂中文，又沒有親人，一定很難適應這裡的生活吧。」木蘭若有所思地說；和自己的異地經驗相比，她享有了多大的「特權」。

「是啊，一開始他們是集體被安置在大型的收容所裡，但後來因為德國納粹政府逼迫的關係，猶太人全部被趕到位於虹口的隔離區。那裡地方非常狹隘，生活條件也非常糟糕。現在虹口還有一間猶太難民的紀念館，可以看到當年的情況。但不管怎麼樣，那些人至少躲過了納粹對猶太人的大屠殺。」

「你怎麼會知道那麼多啊？」

「我本來就對歷史很感興趣，在這裡又到處都是歷史的痕跡。妳其實只需要稍微留意一下，就會發現很多老房子前面都掛有『文化遺產』的牌子。」

沒錯，木蘭也已經發現，上海不僅擁有高聳雲霄、玻璃帷幕閃爍耀眼的摩天大樓；上海也擁有很多老式的建築，展現著不同文化的特色，訴說著它國際性大都市的輝煌歷史。

「你去過北京嗎？」木蘭問。

「去過，那是一個非常中國的城市。和上海一樣，北京也到處是歷史，隨處是古蹟；但那些都是純中國的歷史。那些巨大的廣場和通道，看了就讓人有不寒而慄的感覺。天安門廣場就是最好的例子。」

「我外婆、我媽，所有的人都不斷提到那個廣場。」

「因為那裡向來就是統治者與被統治者交界的地方。天安門以前是通往紫禁城的入口，紫禁城裡住著的就是當朝皇帝；這種權力的象徵，共產黨自然是極盡利用，不遑多讓。毛澤東當年就是在廣場的門樓上，大聲宣布『中華人民共和國』成立，成千上萬的百姓為之瘋狂。」

「我知道，外婆當時就在現場，熱情揮舞著手中的毛語錄。直到現在，只要一提到當年的盛況，她都還是會很激動。」

「不只她一個人這樣。毛澤東死後共產黨為他修建的陵寢，就位在廣場的南側，正對著天安門。」

「好一個Mao-soleum！」木蘭對自己的神來之筆，甚為得意。可惜用中文實在表達不出來。她只好試著用英文跟念申解釋，自己是取「Mao」與「Mau」的同音，玩了一個「同音異字」的遊戲。念申聽懂後也不禁莞爾。

「不過天安門廣場也一直都是對強權提出抗爭的地方，之前就有過不少例子，並不是一九八九年六月才開始的。只是以前抗議者從來沒有如此被血腥暴力地鎮壓過。」

「這件事我媽有跟我講過，那也是為什麼她後來決定留在德國的原因之一。」

「沒有人可以因此而責怪她。」

說到此處，兩個人都沉默了下來。

「從此以後她就再也沒有回來過……」

這正是木蘭始終不住自問的地方。媽媽當初是和她的國家還是和她的家庭因此決裂的？還是和兩者？為什麼她就不能和她的丈夫及女兒一起飛回來一趟，帶他們認識一下自己的家鄉呢？

木蘭知道她可以和念申談這個問題。念申來自台灣，深知在一個家庭裡，因為政治理念的不同，可以造成家人之間多大的爭執與混亂。但她其實並不想去傷這個腦筋，至少現在不想；現在她只想和他這樣隔著眼前的空盤，彼此深情對望。念申握住了她的手。

透過他的輕撫，木蘭全身都有觸電的感覺。突然，她衝口問了一個完全不同的問題。

「對了，我一直想問你，為什麼在Bar Rouge你會過來跟我說話？」

「因為妳很漂亮，木蘭。」念申想都沒想就回答。

木蘭看著他，想從他的聲音裡聽出，是否還有什麼別的意思；但念申的回答簡單、明瞭而且誠懇。

「你是說我的衣服很漂亮？」

「不是，是妳漂亮。難道妳自己不知道嗎？」看出木蘭的不確定，念申不禁反問。「那可真是到了該有人告訴妳的時候了。還有，妳跟別人不太一樣；還有，當妳望著黃浦江時，看起來有點迷失的樣子。」念申沉默了一會兒。「妳知道嗎，木蘭，我覺得——我戀愛了。」男孩遲疑了一下，好像自己都不敢相信這個感覺，必須不只對木蘭，同時也對自己稍作解釋。「我愛妳。」

我愛你，短短的三個字，嶄新的、從來沒有使用過的三個字，木蘭覺得自己快樂得全身發燙。如果念申現在是用德文對她說「Ich liebe Dich」，那聽起來將會像是隨口說說，而且也可以用別的字彙取代。但這三個字，這三個音節所表達的，是只有他們兩個人、只有在這個當下才能體會的感受；一個全新的詞彙，一個全新的體驗。今後，愛情的滋味對木蘭來說，會永遠像肉桂蘋果捲一樣，而且她也一定會用中文來告白愛情。

「我也愛你，念申。」

在回家的路上，木蘭整個人都沉浸在幸福裡，因極度歡喜而有點兒神情恍惚。她任由自己隨著人潮向前移動，出地鐵站時差點就走錯了方向。她曾一度猛地停下腳步，害得走在她後面的人一下子撞了上來，開口罵個不停。忽然之間她明白了，為什麼跟念申一切會發展得那麼快——因為非快不可！時間在飛逝，指針在疾行，他們所剩的時間有限，非常有限。再過六個星期她就要飛回慕尼黑，而念申正在等待的入學通知，可能在大陸任何一個城市，也可能在台灣或是在美國任何一個地方。就算他在上海留下來，那相隔至少九千公里的距離，要如何才能維繫這段感情？

什麼都還沒有開始，木蘭卻已經感覺分離的苦澀正漸漸堵住自己的咽喉，讓她喘不過氣來。她不禁想起外婆曾經告訴過她，有些水果如果加上一點鹽巴吃，反而會顯得更甜，譬如說鳳梨或是草莓。一切都是如此美麗，卻又如此哀愁；但或許就是因為如此哀愁，所以才顯得美麗。這個道理每個人應該都要懂得，木蘭默默思考著。但這個道理或許也不是要讓人去懂，而是要去感受的。

木蘭踏進家門，她必須竭盡全力控制自己，才能表現得像個普通女孩一樣，正常地跟自己的家人一起同桌吃飯。難道沒有人看出來，她的情緒現在正處於非常特別的狀態嗎？難道沒有人發現，她全身都散發著幸福的氣息嗎？只有外婆，用赤腳醫生在診斷病人時的眼光，不斷打量著她的孫女；其他的人則忙著各自關心的話題。

「你們聽說了嗎？又爆發了一件食安醜聞，」舅媽生氣地表示，「現在正是吃秋蟹的時候，新聞竟然說大閘蟹都給餵了抗生素，以防止牠們在養殖場裡被感染！」

「這早就可以想到的吧。」表哥率先表達了意見。

「妳一定要現在說，倒盡大家的胃口嗎？」舅舅一邊表示不滿，一邊瞥了一眼木蘭。

「跟著毛主席的時候，我們也沒有常吃蝦蟹這類的食物。太多蛋白質對身體並不好，還會造成肝臟的負擔。」外婆也插進來表示意見。

木蘭保持沉默。可憐的大閘蟹，被活生生五花大綁地擱在簍子裡待價而沽，這個情況好像沒有任何人覺得不妥。畢竟牠們只是「動物」，只是「會動的物品」

而已；中文這個詞已經說明了一切。

當木蘭的思緒，正停留在這個當口上時，隔壁鄰居家傳來了一陣刺耳的狗叫聲。

「這是劉家最近買回來的那條狗，就那麼一丁點兒大，頭上還綁著個蝴蝶結。他們家女兒總是抱著牠散步。」表哥發表著評論。

「這種抱在懷裡當寵物的小狗真是越來越流行了。我最近在街上看到一隻，竟然真的穿著鞋子！四個狗爪上套著軟墊的鞋子，簡直荒唐到家了。」舅舅不滿地說。

「牠最好小心，別被抓去下鍋了。」外婆陰陰地加了一句。

木蘭嚇了一跳，不可置信地看著外婆；她是說真的還是假的？

外婆咧嘴乾笑，嘴裡的金牙閃閃發光。

晚飯後，每個人各自忙於自己的電器用品。舅媽在坐下來看電視之前，先讓洗衣機轉動起來，木蘭和表哥則埋首在電腦之前。

「沒有比知了在夏夜裡的大合唱更好聽的音樂了。」外婆一邊說，一邊拿著一根煙消失在陽台上。木蘭現在也對蟬產生了好感，牠們唧唧的鳴叫聲，常常匯集成一種多聲部的、帶著金屬感的低音節奏；非常好的催眠曲。

木蘭正在跟家裡用Skype視訊。「沒事，媽媽，真的，我過得很好，一切都OK。」——「有，當然，我都有幫忙。」——「學校上課都很好。」——「爸比怎麼樣？」——「我知道。幫我問候他好。」

在林家小小的浴室裡，洗衣機正在脫水。突然，燈熄了，網路也愈變愈慢，媽媽的頭愈變愈小，最後變不見了，電腦螢幕一片漆黑。木蘭摸索著走到門邊。

「唉，怎麼又來了。」舅舅無奈地嘆氣，摸黑在廚房裡找到備用的手電筒。

「發生什麼事了？」木蘭問。

「又斷電了。這棟房子的管線太老舊，負荷不了這麼多電器。」說著舅舅就消失在樓梯間。

「小心點。」舅媽在身後叫著：「線路都很老了，不可靠。」

表哥也從臥室走了出來。

「二十一世紀與中古世紀又交會了。」他語帶諷刺地說。

父子兩人都氣嘟嘟的，像被拿走玩具的小孩一樣。只有Oma坐在陽台上，一點也不受影響，繼續抽著煙，微笑看著夜空。

不知過了多久，電燈終於一閃一閃地亮了起來，電視新聞裡的主播正剛說完一個句子：「……黨中央的懲戒委員會在今天的會議中做成了決議。」舅媽轉身去查看洗衣機的狀況。

「我要去睡了。」木蘭跟大家宣布。先前和媽媽的對話，並沒有什麼還要補充的。每次用Skype視訊，反正都是差不多的內容：報告每天發生的日常瑣事，強調多麼想念對方，彼此問候兩家的家人。真正令人期待的內容，都藏在媽媽藍色的信箋中。那些信就像她們母女間一種新的秘密語言一樣，一種只有她們兩個人才會使用的溝通方式，雖然木蘭從來沒有寫過回信。她的回應，都留給了自己。

木蘭現在最希望的，就是能跟自己的感覺單獨相處。讓今天下午所發生的一切，鉅細靡遺地在腦海中重複上演一次，讓自己深深沉浸在戀愛的感覺和知了的合唱中。

我也愛你，念申。

上海就像一部時光機器

第二天木蘭在去學校的途中，接到念申固定打來的電話，告訴她今天恐怕不能碰面了。公司新到了一批茶，他必須去幫忙。

木蘭繼續用愉快的聲調和他閒聊，掩住心底深深的失望。他們的時間太寶貴了，不能浪費任何一分鐘。木蘭感覺到自己對念申的思念竟是如此殷切，不是昨天晚上才分開的嗎？想念念申——是的，好順口的「想念念申」。

從學校回到家，桌上又躺著一封信。現在全家人都已經把從德國來的信視為理所當然，不再是討論的話題。家裡沒人，木蘭可以安靜地在陽台上讀信，不被打擾。看看媽媽這次要對她說些什麼。

慕尼黑，十月九日

親愛的木蘭：

在上封信裡我跟妳說過了，當初自己為什麼會在慕尼黑留下來。現在的妳應該比還沒有去上海之前更能體會，我當初作這個決定並不容易：陌生的國度、陌生的語言、身邊沒有家人也沒有朋友。但這個情況很快就有了改變。歌德學院的一位女老師對我伸出了援手，而且遠遠超過一位語言老師分內該做的事。她就是妳的艾娜阿姨，妳的「乾媽」，也就是像德文裡的教母一樣。

外國人想要留在德國，沒有那麼簡單，德國的體制非常官僚，可說障礙處處，困難重重。從參加語言考試、通過語言考試，到申請大學許可、申請居留簽證，到最後尋找落腳之處；如果我是一個人，絕對不可能辦到。還有，我需要錢。我雖然有一份小小的獎學金，但那並不夠維持生活；所以我起先在一家中國餐館打工，後來則擔任收入較好的口譯員。

幸好德國承認我的高中學歷，我順利獲得了「慕尼黑語言及翻譯學院」的入學許可，得以在那裡專攻中德口譯。那正是我想學的，也是我當時最適合做的。選擇職業常常是一連串的意外所造成；事後回過頭去看，似乎一切都很簡單，都很理所當然，好像從一開始路就很清楚一樣。但實際上卻並非如此，每一個決定都是踏上一個不確定，每一個決定都排除了許多其他的可能。

有時我坐在宿舍小小的寢室裡，獨自忍受著想家的煎熬。我的母親並不贊同我的決定，所以我不能找她哭訴。唯一可以聯絡的，就只有我的弟弟，妳的舅舅。

他其實是在另一個家庭長大的，但我們的關係一直很好，到今天也是如此。當年不可能用電話聯絡，因為太貴。而且在他住的「里弄」，也就是小社區裡，只有一條共用的電話線；真要打過去，還得有人大老遠地把他叫過來接聽，而且所有的街坊鄰居都會跟著一起收聽。所以當然就只有寫信了，就像我們兩個人現在一樣。藍色的航空信封一直是我和家裡的唯一聯繫；或許就是因為這樣，我才會這麼偏愛寫信吧。

慕尼黑接下來發生了什麼事，我下一次再告訴妳。說故事的人，總要留一點精彩的劇情，才能讓他的聽眾期待繼續聽下去。

下次見了，衷心祝福妳的

媽媽

PS. 對了，還有一點要告訴妳：爸爸一直很沮喪，因為時差的關係，他沒有辦法在週間跟我們一起 Skype。每天他從辦公室回來，你們在上海都已經睡了。但他說，下次他會特別早一點回來，好親眼看看他的蘭蘭，是不是

真的過得很好。☺

想到好久沒見的老爸，木蘭心中好不傷感。來到上海以後，她對父親為她找到的這條「退路」，為她開啟的這扇門，心中充滿了感激。現在回想起來，木蘭也必須承認，自己以往的行為有時候真是太過份了。可憐的老爸被夾在兩個女人當中，左右為難，怎麼做都不對。

木蘭放眼遠眺，發現樹梢的葉子已漸漸在變黃。長竹竿上的衣服迎風招展，是昨天晚上停完電後，舅媽還又晾上去的；木蘭看到也有幾件自己的在其中。

媽媽用寫信的方式，成功地讓女兒聽她一路說著故事，現在更是滿心期待下一集的發展。接下來應該是媽媽和爸爸要認識了。木蘭突然好想知道，這個沉著、冷靜、很少表露感情的女人，到底有沒有真正愛過一次？當初有沒有像她現在一樣，連走路都覺得輕飄飄的？

木蘭多希望有個人，可以讓她傾吐一切，分享一切。但尤妮絲太直率了，她那個大嘴巴，木蘭不放心把自己心底的感覺都告訴她。而在慕尼黑的那些死黨，原本可以一起嘻笑打鬧的閨密們，突然之間感覺離得好遙遠。不僅是實際相隔的距離遙遠。木蘭覺得自己一下子長大了很多，也成熟了很多；上海就像一部時光機器，她正大步邁向自己的未來。

木蘭瞇起雙眼，慵懶地看著西斜的太陽。燦爛的秋日午後，就像她現在的心情一樣：可預期的豐收，可預見的終點。這時她聽到屋內門響，外婆帶著她形影不離的購物網兜回家了。

「哈囉，外婆！今天晚上吃什麼好的？我可以幫忙嗎？」

「哈囉，蘭蘭。好啊，妳來幫忙切菜：白蘿蔔和胡蘿蔔切成細絲，豆腐切塊，豆角剝一下，還有黃豆芽洗一洗，我要做三個菜一個湯。」外婆的指示明確清晰。

祖孫倆在廚房現在已經是最佳拍檔：木蘭拿起大刀，在砧板上開始切菜，外婆則負責將肉切成細細的肉絲。

「有時候我還真替家裡其他幾個人擔心。」外婆突然打破原本安靜的工作。

木蘭抬起頭，Oma 這是怎麼了？

「他們全都工作過了頭。作父母的，一心只為了讓兒子能受到最好的教育；而作兒子的，則只為了要能達到父母的期望。還有那些亂七八糟一大堆的機器，難怪一天到晚會跳電。但說到頭，還不就是為了賺錢？我得好好保持體力，至少幫他們管好這個家。」

停頓了一下，老太太繼續說：「每當回想起年輕的時候……」

天啊，木蘭心中暗想，毛主席的生活哲學又要開始了。但今天外婆所說的，卻不太一樣：「我們擁有完全的自由；現在回想起來，其實太多了。我們被告知可以挑戰所有的威權和傳統，這種話哪裡需要說第二遍？在那段期間發生過一些事，是我到現在還一直後悔莫及的。年輕人喜好抗爭的精神，當時被極度利用，甚至濫用。但我們確實活了一次，紮紮實實把日子過得既狂野又危險。」

一個靈感突然閃過腦際，木蘭開口問道：「外婆，那妳有真正愛過一個人嗎？」

「有啊，愛過。雖然很快就發現，他其實不是那個對的人。」說完，外婆深深地看著木蘭。「但事後回想起來，也有它美好的一面，不然今天也不會有妳在這裡了。」

木蘭心中明白，外婆指的是她那第一次沒有結果的戀情。但老太太還沒說完。「至於妳和妳那個台灣來的朋友，兩人好好交往可以，但千萬不要犯像我當年一樣的錯誤。」

木蘭嚇了一大跳，感覺到自己羞得滿臉通紅。

「妳知道該怎麼做吧？還是需要我跟妳解釋一下？」

木蘭馬上拒絕了這位赤腳醫生的好意，沒讓她開始講授如何避孕及安全性行為的課程。外婆的想法已遠在千里之外，她顧慮的狀況，是小孫女連想都還不敢想的事。

木蘭希望能盡快轉換話題，但現在卻又是個絕佳的機會，可以問外婆那些媽媽在信裡提出的問題。「那妳跟妳的第二個男人又是怎麼樣呢？也就是舅舅的爸爸？」

外婆驚訝地看著木蘭，不知道該如何回答這麼直接的問題。遲疑了一會兒才說：「跟他一切都很好，我們彼此相愛，但可惜在一起的時間太短。妳舅舅五歲的時候，他就去世了。和男人我的運氣總是不太好。」

就在這個時候有人開門進來了，是舅媽。談心的時刻結束。木蘭先跟到家的人打過招呼，就回去切菜板上繼續幹活兒。從眼角她悄悄注視著那位身材瘦小的老太太，花白的頭髮梳成一個小小的髻，在爐火旁邊忙進忙出；她看起來就跟一位尋常的Oma一樣，但卻又跟她想像中的Oma不一樣。

剩下的時光

星期一木蘭回到家，發現下一封信已經在等著她。

慕尼黑，十月二十日

親愛的木蘭，我的小龍女，

現在妳知道我是怎麼在慕尼黑留下來的。決定繼續留在德國，也就是決定背棄自己的祖國。因為不確定中國政府會有什麼反應——我沒有在獎學金到期之後馬上返回上海——所以我也一直不敢有回家的打算。再說當年機票還非常昂貴，我即使想回去也無力負擔。雖然經過了這麼多年，我已經是德國人，擁有德國護照，沒有人可以再對我怎麼樣；但經過了這麼多年，我的祖國和家人，卻也變得像陌生人一樣。我知道自己在很多方面，都已經變得太德國。☺所以，這次妳能幫我跟家裡再度牽上線，媽媽心裡的感謝是難以言喻的。

我在德國開始真正有家的感覺，是在認識葛雷歐之後。就像德國俚語所說的，愛情最容易讓人產生歸屬感。那時有一個來自中國的商務代表團到你爸的公司參觀，由我擔任隨行口譯。那些中國人待了大概一個星期左右，我們每天一起工作，一起討論，一天比一天更認識彼此。雙方都有一種感覺，雖然有一定的年齡差距，但各方面都非常投契。後來我也思考過，或許我是在他身上，尋找那個自己從來沒機會擁有過的，父親的影子吧？但一開始我就是戀愛了！之前我也交過幾個男友，有中國人也有德國人，但時間都很短，都沒有深交，因為多半只是為了排遣寂寞，或是難忍思鄉之情的緣故。

但和妳父親不同。合約結束的時候他請我吃飯，整個晚上我們聊得非常愉快。我不需要多說什麼，他就能明白我的意思，與他相處一切都是那麼輕鬆自在。我度過了生命中最美好的一個夏天。我陷入了熱戀，也讓他陷入了熱戀；在濃濃的愛情裡我又重新認識了一遍慕尼黑：我們結伴在英國花園裡散步，一起徜徉在美麗的伊薩爾河畔。在慕尼黑我終於找到了「家」的感覺。德文不再只是我餬口的工具，它從一種職業變成了一種「使命」。事後我回想，甚至有一種錯覺，覺得自己當初學習德文，就只是為了有一天能與妳父親相遇，與他交談。

不久兩人心裡都很清楚，對彼此的感情是認真的，但結婚還不是我們的選項。一來，我並不「需要」結婚，我有德國的居留權，只要按時去更新就好。葛雷歐並不是我的「飛機票」，我們並不是中國人常愛嘲諷的那種關係。二來，他的父母並不是太樂意有一個中國媳婦。所以在我們終於還是公證了以後，我知道他的爸媽不會搬來一起住時，真是鬆了好大一口氣。妳要知道，跟兒子住在中國是天經地義的事。（所以中國的父母都一定想要有一個兒子，這樣到老才有依靠，才有保障。女兒是要嫁到別人家去的，對她們不可能有這樣的指望。）婚後頭幾年我繼續照常工作，然後妳來報到了，帶給我們極大的快樂，我決定回歸家庭，專心照顧妳。

妳是我和葛雷歐完美結合的見證，看起來既有中國的樣子又有德國的影子。我常常站在妳的小床邊，就那麼凝視著妳，久久無法將目光移開。我們當然希望妳從小就在雙語的環境下長大，而妳也不負期望，很快就能以不同的語言，對我們分別做出回應。終於有一個人可以用我的母語跟我溝通，心中的快慰真是難以表達。這我在第一封信裡就已經告訴過妳。

所以妳應該可以想像，當那個原本跟我講同一國話的可愛小女孩，突然變成了一個渾身帶刺，陰陽怪氣，不管我說什麼都要唱反調的叛逆少女，我有多麼失望與沮喪。事情發生以來，我只看到我失去的，但自從給妳寫信以後，我發現自己其實也從中有所獲得：我認識了一個獨自在異鄉適應生活，努力拓展人生經驗的年輕人，多了一個我可以用平輩的立場，跟她講述前塵往事的好朋友。

木蘭，妳的上海之行，讓我們對彼此更加瞭解，也更拉近了彼此間的距離。

替我問候全家，並好好享受妳在上海剩下的時光！

媽媽

木蘭雙眼含淚，將信紙重新折好；幸虧家裡沒有人。作母親的絕對沒想到，自己的故事竟會如此感動女兒。她的信正好說中了女兒此時慌亂如麻的心事。木蘭再度意識到，她和念申不會擁有共同的未來，他們擁有的只是「此時」和「此地」。媽媽信中那句「妳在上海剩下的時光」，讓她看得背脊發麻。和念申在一起時盡量不去多想的殘酷現實，現在已迫在眉睫：離別將至！

想也沒有多想，她抓起手機，撥了那個熟悉的號碼；分秒滴答地過去，現在一分鐘也不可以浪費。

「念申，我必須要見你；就現在，行嗎？」對方剛一接起電話，木蘭就忙不迭聲地問。

「好，沒問題。」他馬上就答應了，沒有繼續追問。

「搭妳平常去學校的那班地鐵，但一直坐到衡山路。就是在茶藝館旁邊的那一站，妳知道的。我就像上次那樣在票口等妳。一會兒見。」

木蘭從筆記本撕下一張紙，想給家裡留個話；但就在這個當下，她突然意識到，這張紙條必須用中文寫才行，否則沒有人看得懂。（用英文寫給表哥，自尊心不允許。）於是她歪歪斜斜，努力「畫」出了一連串的中文字：

我在Junice家，晚饭以后才回来。
不要担心。木兰

然後她就一把抓過背包和鑰匙，衝出大門。

通過小區的時候，一路上都有人跟她打招呼，好像她在這裡已經住了多久似的。而木蘭現在也已經學會，如何技巧地回答那些好奇打探的問題。好比現在，有人劈頭就問：「妳上哪裡去啊，木蘭？」她就很有禮貌地回答：「去散步，阿姨。

今天天氣真好。」實際上也真是晴空萬里，藍天白雲。清新的空氣中帶著一絲海洋的氣息，但也同時預告著，天氣可能要漸漸變涼了。

再一次看見念申站在地鐵的閘口前，距離第一次見到他，真的才過去三個星期嗎？一語不發地，木蘭投身到念申懷中，緊緊抱住他不放。過了好一會兒她才鬆開對方，直視著他的眼睛說：「念申，我們剩下的時間不多了。」

無需再多說一句，他點點頭，把臉埋進她濃密的秀髮中。「木蘭。」雖然什麼都沒說出口，他們仍心意相通：絕對不讓憂傷主宰兩人僅剩的時光。他們沒有浪費任何時間的本錢。

「我們做什麼呢？」木蘭勇敢地問。

「我建議，我們可以先在法租界裡沿著老街散散步，等走得差不多了，再去找個地方吃晚飯，妳覺得怎麼樣？」

木蘭想到自己寫的字條，不禁偷笑了起來。人是為生活而學，不是為學校而學，這句老話還真是很有道理。沒有直接回答念申的問題，木蘭挽住他：「我們走吧！」

兩人沿著寬敞的人行道漫步而行，踩著滿地落葉沙沙作響。街道兩側全是巨大的梧桐樹，斑剝的空枝越過路面，在空中交叉相會。他們停下腳步，看一小隊工人正拿著電鋸在樹上修剪枝葉，身上穿著的反光背心，讓他們看起來像是一顆顆吊掛在光禿枝幹上的紅果實。

透過雕花鐵門，越過花園石牆，念申指給木蘭看各式各樣的西方建築風格：外牆上橫木交錯的德國傳統式建築，線條簡潔、強調實用主義的包浩斯建築，還有屬於青年風格主義，裝飾過度的豪華別墅。

「如果沒有那些中國招牌，少了那些竹竿上的衣服，這裡可以是德國任何一個城市的別墅區。」木蘭若有所思地說。

「有機會的話，我想去看看海德堡或是慕尼黑。」念申打斷了她的思緒。

兩人之間一直有個默契，不去討論木蘭返德之後的事；但對未來的希望和期待，卻總是一再出現。木蘭和念申很清楚，他們的愛情是被侷限在一地的，他們談的是一場「上海之戀」，沒有出口的可能。在這微涼的秋夜，兩顆心都因寒意在顫抖，因為知道這份愛，無所依憑，沒有未來。他們在牆角親吻，在街頭擁抱，把握每一個溫存的機會，但永遠都嫌不夠。

誰此時沒有房子，就不必建造，
誰此時孤獨，就永遠孤獨，

就醒來，讀書，寫長長的信，
在林蔭路上不停地
徘徊，落葉紛飛。

為什麼這些句子會突然出現在腦海？好像一封瓶中信，來自另一個人的生命。啊，想起來了，是里爾克[1]的。是他一首跟秋天有關的詩，被德文老師硬逼著背起來的。文學好煩。但這些詩句現在卻冒了出來，而且完全表達了木蘭的感受。

主呵，是時候了。夏天盛極一時。
把你的陰影置於日晷上，
讓風吹過牧場。

整首詩是這麼開始的。木蘭覺得喉頭愈縮愈緊。她試著翻譯給念申聽，但太

1 譯注：里爾克（Rainer Maria Rilke，1875—1926），奧地利詩人。其著名詩作《秋日》（*Herbsttag*）翻譯版本極多，此處引用的是詩人北島的翻譯。

難了。她有限的中文讓內容聽起來，就像是在報告氣象一樣；沒有押韻、沒有對仗，詩也就失去了它的魔力。兩人繼續漫無目的地在法租界裡閒逛，各自想著心事，直到夜幕低垂。就如往常一樣，沒有預警，沒有通知，天一下子就黑了。

「餓不餓？」念申打破沉默，指著前方一棟三〇年代的老公寓，有一間小吃店開在它半地下室的那一層。「吃過拉麵嗎？」

「吃過，但是在德國。」木蘭很愛吃那種維吾爾族的特製手工拉麵。在慕尼黑她常常跟爸爸媽媽去一家名叫「吃在維吾爾」的小餐館。「我很想知道這裡的拉麵，味道跟德國的有沒有什麼不同。而且，我最愛看師傅拉麵條了。」

「那好，我們去嚐嚐吧。」

他們走下幾個台階步入店裡，在一張迷你方桌旁邊坐下。小店內暖暖的很舒服，廚房只以一個櫃台隔開。整間店裡瀰漫著一股混合著茴香和大蒜的味道，木蘭一聞就食指大動。

「妳吃辣嗎？」念申一邊看菜單一邊問。

「吃，沒問題。」

廚房裡「拉麵秀」已經熱鬧上演，隔著櫃台就可以一覽無遺。一個年輕人，顯然是老闆的兒子，正將一塊已經和好的麵團拉開，拉到一定長度後對折再拉，不斷重複這個動作直到麵條像一捆繩索般掛在手上；當麵條拉到了正適合沾醬的寬度，就用刀切斷兩頭麵團，下到滾水鍋裡。拉麵條的過程進行得非常快，看起來有點像是小女孩在兩手之間，用手指頭挑鉤毛線，玩那種叫「挑綳綳」的遊戲一樣。

念申點了兩種不同拌麵的醬料，一種牛肉的，一種羊肉的，另外還點了一盤羊肉餡的餃子。

「大部分的維吾爾人信奉回教，所以不吃豬肉。」念申跟木蘭解釋，但她其實早就知道了。

小吃店的老闆點完菜，轉身去廚房忙；念申握住了木蘭的手。他們隔著桌子默默對望，有一點像是在玩兩人互相瞪視，誰先笑出來誰就輸了的那種遊戲。木蘭的嘴角先揚了起來。「念申，跟你在一起的時候，我一點也不想傷心或難過。如果我們老是想著即將會失去對方，那當初又何必找到彼此呢？」

這是第一次有人坦白說出，兩人心中其實都雪亮的事實。

「一定要這樣嗎？我是說，我們一定會失去對方嗎？」

「不會。呃，會的。我的意思是說，相隔那麼遠，感情要怎麼維持呢？」

「我們可以寫電子郵件、用Skype視訊、彼此傳簡訊——我們生活在一個通訊軟體非常發達的世代啊。」

「那你告訴我，這些要怎麼取代？」她緊盯著他的雙眼，緊握住他的雙手。

在念申還沒來得及回答之前，兩碗熱騰騰的拉麵和一盤新下好的餃子，端到了他們面前。木蘭再一次感受到，食物可以安慰人心的魔力。趁熱吃，別拖延。迎著念申的目光，木蘭說：「我們先吃吧，不要讓東西冷了。」

拿起筷子，展開攻勢。木蘭現在吃麵條，早也已是「吸」哩呼嚕，嘖嘖有聲；沒有人會再懷疑她屬於中國人的那一半血統。拿碗就著口，用筷子半划半塞地將麵條送進嘴巴，而且是一氣呵成。

「這可是叫『黃金大橋』啊，」念申笑著說，「那『國際麵條對抗賽』的結果如何？」

「三比〇，上海大勝慕尼黑！」

先前的不安已經過去，他們愉快地聊天，商量著還可以一起做什麼事。最後招手請老闆過來算帳。木蘭得走了。

「再來啊！」兒子隔著櫃台朝他們揮手道別。

木蘭也朝他揮揮手。「沒錯，這裡一定還要再來一次。太好吃了。」她對念申說。

「我送妳回家吧。」在去地鐵站的路上，念申提出建議。又跟命運多爭回半個小時。

「但我們得在地鐵站裡面分開，外面到處都有眼線。你第一次送我回去的那天晚上，就被門口的警衛看到了，結果當然是到處宣揚，所以我外婆知道我們的事。」

「妳的『毛粉』外婆？那她有說什麼嗎？」

「很意外的，她對這件事的態度非常開放。」當然，外婆真正對她說的話，絕不可能告訴念申。「我覺得她其實很ＯＫ。剛開始的時候，我是有點怕我Oma，因為她很嚴厲，而且總是拿一些以前人講的話來教訓人。但最近她說了不少關於她自己的事，跟政治理念什麼都沒有關係。我發現她並不像其他人以為的那樣，她還是很有意見，是會批評的。而且她幫家裡很大的忙，負責買菜、煮飯，也就是管理整個家。」

「我也有一個Oma在家，我的奶奶。但她自己已經不能動了，整天都躺在床上。我爸媽因為都必須工作，所以我們請了一位阿姨住在家裡照顧她。」

「我們家的情況也差不多，但我的奶奶是住在養老院裡。」

雖然已經不早了，地鐵站裡仍是人山人海。平時在人潮中，木蘭總是感到煩躁不耐，今天卻讓她感到心安。全身放鬆，毫不反抗，她讓自己被車廂裡的人推擠在念申的胸前；他伸手將她攬住。頭靠在念申的肩膀上，木蘭從眼角看著電子顯示版上的站名，愈來愈靠近自己要下車的那一站。她多希望能一直這樣坐下去，安全地隱身在陌生的人群中，舒適地躲藏在男友的臂彎裡。幾個星期前，木蘭根本無法想像，自己竟然也能享受搭乘上海如此擁擠的地鐵。

「我們必須下車了。」念申的聲音將她拉回了現實。他將依偎在胸前的木蘭，輕輕地往外推出車門。在層層人潮的保護下，兩人在票口前吻別。但這一次可不像被小區警衛「告發」的那樣，只是在臉頰上輕輕一啄了。

再也沒有「外國人」的世界

「自從妳認識那個傢伙後，就變得掃興多了。」尤妮絲對木蘭提出抱怨。

「我哪有？」木蘭為自己辯護。課堂上搗蛋的事少不了她一份，去語言學校上課也仍是她的最愛；每天固定的行程及班上同學的陪伴，讓木蘭在全家的「保護管束」下和自己騷動不安的內心之間，有了一個緩衝的空間。但下午的時間一定先保留給念申，只要他能抽身出來。兩個人都知道，時間對他們來說，太珍貴了。

「妳什麼時間也不給我了，什麼事都不能一起做了。但至少妳要感謝我吧，要不是那天我硬拖著妳去Rouge酒吧，妳根本不會認識那個傢伙。」

「妳說得完全對，沒有妳我們真的不知道會怎麼樣！」木蘭伸手攬住好友的肩膀。

「當然是什麼都沒有，nothing!」兩個人咯咯地笑了起來。剛剛是上午課間休息時間，她們在學校前面的小花園裡活動了一下筋骨，現在正要返回教室上第二堂課。第二堂是作文課，每個人都要寫一篇短文，題目是「我和我的家庭」，准許用字典。木蘭對這項作業早已躍躍欲試。但在王老師進教室之前，麥公公先發話了。

「孩子們，大家聽我說。」他是唯一可以跟這群年輕人如此說話而不被抗議的人。「我們的課程快結束了，跟你們一起學習真是非常愉快的一件事。我也覺得非常榮幸能成為這個班上的『麥公公』；雖然我這個老腦筋跟你們年輕人比起來，吸收不了那麼多，也學不了那麼快。但年紀大了就是這樣，也沒什麼關係。不管怎麼樣，我都很以你們為榮，你們都很努力學習了。在大家要各自飛回家之前，我太太和我想請各位到家裡來吃頓飯，王老師當然也一起。」

贊同附和聲四起。

「請大家保留一下這個星期五晚上的時間。」

「謝謝你的邀請，麥公公。我們一定都會去！」尤妮絲一如往常，未經詢問就代表大家接受了邀約。麥爾斯、艾瑞克和木蘭全都一個勁兒地點頭。

「太好了。下課之後我就會跟王老師說。地址我再給你們。」

接著每個人就專心埋首於描寫自己的家庭。中國人很喜歡寫這個題目，因為總是有一些東西可以講。雖然寫中文的能力比開始時進步了很多，但會寫的中文字還是有限，很多意思沒有辦法完全表達。木蘭咬著筆桿苦思。太複雜的句子就算了吧，她刻意將句子造得簡單，但還是必須一再地翻查字典：

我母亲是中国人，父亲是德国人，一家人住在慕尼黑。奶奶也健在，住在养老院。今年夏天，我第一次认识了我的中国亲人：舅舅，舅妈，表哥和外婆，他们和我的德国亲人完全不同。外婆身体硬朗，依然忙外地操持家务。表哥拼命学习，因为他面临重要的高考。舅舅、舅妈两人都要上班赚钱供表哥上学。我很高兴有机会来到上海，我有了更多的亲人，也明白了更多的事情。以前妈妈时不时会叫我“半条龙”，但我并不喜欢这个外号。现在我为我是半个国人而骄傲。

木蘭又看了一遍自己的塗鴉。如果是用電腦寫的話，將會簡單很多；只要把拼音輸進去，就會跳出來一堆字，然後只要去選那個正確的就好。但學生一定要自己動手寫，因為唯有經過手寫的練習，才能抓到中文字筆畫和筆順的感覺。木蘭寫的那些字，實在不怎麼漂亮，但該說的好像都說了。

自從木蘭來到上海之後，真的很多事情都改變了。她的家庭成員不只變多，感謝媽媽寫來的家信，讓她也知道了屬於這個家庭的故事。但王老師不需要知道那麼詳細，對一篇作文練習來說，這樣應該足夠了。

在下方寫上名字，對折，交卷。其他的人都還在「埋頭苦幹」，木蘭看著她的同學，一個一個仔細地看了一遍，不禁又感到一陣傷感。這個拼湊起來的小團體對她而言，已經像家人一樣重要，每個成員都讓她難以割捨，尤其是庫特，他們的麥公公。此刻他正非常專心地、有點吃力地，在紙上一筆一畫寫著漢字；木蘭好佩服他願意為妻子學習中文，佩服他的熱情和所付出的努力。她站起身，準備離開。和念申約好了在外灘公園他們的石凳那裡碰面。太陽高照，不冷不熱，正適合沒有未來的情侶約會。

受邀當天下午，木蘭和尤妮絲約好了早一點碰面，打算一起買份禮物帶去。

「買花怎麼樣？」木蘭建議。

「中國人不太送花。」尤妮絲持反對意見，「如果真要送，也絕不能送白色或黃色的，那會讓人聯想到墓園。」

尤妮絲說的沒錯。木蘭現在認真回想，上海街頭幾乎看不到什麼花店，即使有，賣的也都是為特別場合，譬如喪禮、商店開張或展覽開幕等，已經插好並裝飾好的盆花，很少有零賣的。

「那巧克力糖禮盒？」

「可以考慮；不過西方的夾心巧克力對大部分的中國人來說，可能都太甜了。」

「但麥公公的太太應該很習慣西方的東西吧？她一定常跟他回去德國。」

「我對這位女士非常好奇。她一定比麥公公年輕很多，而且是把他當成了『飛機票』。」

尤妮絲就是這樣。根本還不認識這位太太呢，就隨意瞎猜，胡亂發表意見。木蘭一聽馬上就想為這位麥太太辯護。「如果她是為了離開中國而嫁給他，那他們就不會在老邁退休了之後，還繼續留在這裡啊。」這個說法值得深思。「還有，我們也得給麥公公帶一點東西才行，他請我們喝了不知多少次咖啡了。」

「沒錯，他最棒了！妳覺得送紅酒怎麼樣？」尤妮絲提議。

「好啊，我雖然不是很懂，但一定可以找到適合的。」

木蘭一直以來都是跟著外婆在傳統市場買菜，所以當兩人在超市的酒品專區，面對酒架上琳瑯滿目的產品時，木蘭驚訝地說不出話來。真的什麼進口的東西都有。

「現在好的紅酒在中國很難買到，」尤妮絲給木蘭上一課，「我認識的那群傢伙裡面，有人特別去買超貴的紅酒杯，就為了能有格調地去品嚐紅酒。裝腔作勢！」

她們選定了一瓶中價位的波爾多紅葡萄酒，給麥太太則買了一盒瑞士的苦巧克力，裡面還包有加了糖衣的橘子碎粒。看到收銀機上打出來的「傲人」總價，尤妮絲當場就說：「至少這份禮讓我們很有面子，大家一看就知道很貴。麥爾斯和艾瑞克當然都得攤錢。」

所謂「面子」問題木蘭並不陌生，因為媽媽也經常會提到，要注意「顧全自己的面子」，或是一定要「給足對方面子」這類的事情。所以送禮絕不可以太小氣，以免讓自己尷尬；但送禮也不能太超過，以免讓對方覺得受之有愧。總之，要顧到雙方的「面子」，就要考慮到很多細節，譬如：年齡、彼此之間的關係、社會地位等等。木蘭衷心希望，她們的選擇沒有錯。

跟麥爾斯和艾瑞克約好在人民廣場碰面。雙胞胎照舊穿著他們那件英式外套，不聽話的頭髮則用髮膠黏得死死的。木蘭看到那兩個乖寶寶，像照鏡子一樣地站在驗票口，忍不住偷笑了起來。這兩個人每天下午和晚上都幹什麼去了，尤妮絲和木蘭始終都不知道。但照他們那天在Rouge酒吧如此有斬獲的表現來看，兩個傢伙絕不會輕易放過任何機會。

「麥公公說的那一站離這裡很遠喔，」麥爾斯首先警告大家，「他住在浦東一個新開發的社區，我們必須往機場的方向走。從地鐵站出來後，最好叫輛出租車過去。」

「我有他的手機，必要的時候可以打電話問他。」木蘭補充。

不像抵達上海的那一天，木蘭是從一座大橋上過的河，今天是經由一個隧道，從地底下渡的江。當地鐵終於又上到地面，窗外飛逝而過的，是一片又一片新開發的住宅區，房屋的式樣全都是二到三層樓高的聯排式住宅或獨門獨院的別墅。一樣的設計，一樣的建築，直接從繪圖版上就搬到原本種高麗菜的空地上，絕不浪費任何一點可用的面積。摩天大樓豎立在遠方的地平線上，宣示著那邊才是金融中心，是黃浦外灘，是「真正」的上海。

「我們麥公公每天去上學的路很遙遠耶。」木蘭一邊說一邊在心中計算著，麥公公每天必須多早就得起床，才能準時抵達位在市中心的學校。對他學習熱忱的敬佩，不禁又增加了幾分。

出租車司機讓他們在一個叫「上海牛津」的社區大門前下車，整個社區砌有外牆，設有警衛。進出這裡可不像木蘭的小區那麼輕鬆自如，她那個小區的警衛，比較像是居民的情報供應站。誰想要進入現在這個「上海牛津」，必須先打電話跟住戶確認。門口的安全人員跟麥亞先生通過電話，招手讓他們進入。一行人走在社區裡，發現所有房子的外觀都一模一樣，感覺好就像走在一個全新的英國小鎮上。

「住在這裡的人要是喝醉了回來，恐怕很難找到自己的床。」艾瑞克說。

斜尖的屋頂加上陽台和凸窗，確實可以營造出歐洲的氛圍；但那些都只是表象而已。百年之後這些房子都不會存在了，還有什麼可以告訴後人這個城市的歷史，像法租界裡那些雄偉的建築那樣？

「睡覺的問題還不大，但整天住在這樣的環境裡，你想想那不無聊死才怪。」木蘭很慶幸自己是住在閘北區，雖然沒那麼體面漂亮，但卻熱鬧有趣得多。

走在鋪著鵝卵石，路面維護良好的人行道上，迎面過來一個年輕的菲律賓女子，帶著兩個金髮的小孩。

「看來，這裡住的大部分是外國人和超有錢的中國人。」艾瑞克首先表示了想法。

「我覺得真正有錢的人，會在外灘的摩天大樓裡買一套位在三十樓的房子。至少我會這麼做。」尤妮絲也發表了高見。「這樣我就可以整天看著江上的行船，也可以居高臨下從陽台上看著Rouge酒吧。」

「我想要住在法租界的別墅裡。」這是木蘭的意見。就算每個人的喜好不同，這個城市顯然對大家都展現了它的魅力。上海已牽動了每個人的心。

終於，麥爾斯找到了麥亞家的房子。「八十八巷八號，應該就是這裡了。」

「哇，為了這個門號，他們一定有另外付錢。」木蘭對中國人喜歡的數字及它們的價碼已有概念，故而老道地說。

他們按下門鈴，耳邊馬上傳來一陣宏亮的狗叫聲。麥公公打開大門，使盡拉住一隻興奮的黃金獵犬，才不至於讓牠撲到客人的身上。

「別怕，牠不會傷人！牠只是非常好奇。快請進！」麥亞先生對他的客人高聲解釋，並帶他們進到客廳，客廳裡有一張大圓桌已經擺好了碗筷。「王老師已經到了，她是自己開車來的。」

「沒有導航我絕對找不到這裡，」王老師和她的學生們打招呼，「幸好現在車子裡都有這些裝備，不然附近新蓋的社區多得就像雨後春筍一樣，真難找。」

「歡迎，歡迎！」一位四十歲左右、剪著一頭俐落短髮的女子，從廚房裡向大家招手。「抱歉，再稍等一下，五分鐘就好！」

「這是我太太，明明。」麥公公給大伙兒介紹。

尤妮絲捅了木蘭一下，投給她一個勝利的眼神。

「她是學物理的，在中國科學院上海分院工作。但因為她也必須常常出差，所以我們就在這機場附近住了下來。」老麥跟大家解釋。「我已經退休了，可以負責照顧這個搗蛋鬼。」他指了指窩在籃子裡的狗，那隻毛小孩聽見提到牠，耳朵馬上就豎了起來。「也終於可以學習一下寫中國字。」他望向王老師，近乎抱歉地聳了一下肩膀，「雖然進步得很慢。」

「不是這樣說的，麥亞先生。」王老師不表同意，她始終很禮貌地稱呼他麥亞先生。「我們中國人都說『薑是老的辣』，年輕人或許記憶力比較好，但您的人生經驗可是大大贏過他們的。」說完她有點兒尷尬地笑了笑，因為她並不想在言語上，對她的老學生有任何不禮貌的地方。但木蘭知道，年紀大在中國並不是缺點，反而是一種特權。

終於明明也從廚房裡出來了，身材嬌小，穿著簡單但時尚，慧黠的雙眼透過圓圓的眼鏡看著大家。木蘭幾乎可以確定，她是故意晚一點才現身，以躲開先生在介紹她時避免不了的稱讚。

「哎呀，這些就是我們未來的世界公民啊。」她招呼著剛進門的這群年輕人，後者全都楞在那裡看著她，不知所云。

「就是各位啊，你們在世界最大的首善之都相識，每個人都會說多種語言，出身自多種文化的家庭。這樣的人才我們太需要了。」她笑著解釋。

木蘭從來還沒有這樣看待過自己。她馬上就對這位女士產生了好感，明明和她想像中的完全不一樣。一直還拿在手中的那盒巧克力，突然讓她覺得好「俗氣」。但話又說回來，誰說物理學家就不能愛吃甜食了？

「這是我們的一點小意思。」尤妮絲好像跟她心靈相通，一邊說一邊把那瓶紅酒放到餐桌上。木蘭則把那盒巧克力糖放到旁邊。

「你們太客氣了，謝謝。」她將禮物收到一邊，沒有當面打開；這是中國人的習慣，為避免不必要的尷尬。「老麥一天到晚提到你們，讓我都有錯覺，好像認識各位很久了。坐啊，你們，馬上就開飯了。王老師，您是今天的主客，來來來，請上坐。」明明展現女主人的權威，把一直客氣推拒的王老師，請到了面對進門的主位上，其他的人則圍著桌子結伴而坐。「艾瑞克、麥爾斯，麻煩你們幫忙端菜，老麥你負責飲料。」明明繼續權威地調派她的客人。雙胞胎當然不會讓女主人失望，具備豐富的餐廳實戰經驗，兩人展現了最專業的上菜服務。

前菜端上了轉盤，品嚐後大家都讚賞有加，這時女主人又發話了：「我必須跟大家招認，這餐飯我作了點弊；有些菜是買現成做好的，因為時間上真的來不及。我現在正在趕一篇論文，下星期要飛到哥本哈根去參加一場學術研討會。」

木蘭看了尤妮絲一眼，心中的想法不言而喻：誰是誰的飛機票？這位女士是哈佛畢業的，要飛去參加國際學術研討會呢。對尤妮絲完全錯誤的猜測，木蘭心裡暗自歡喜。

真是一個美好的夜晚。活潑健談的明明，跟大家講述黑洞有趣的故事；王老師搖身一變，也成了一個跟大家一樣的尋常百姓，還洩漏她最愛看的就是功夫電影；眼見所有的人都聊得那麼高興，吃得那麼愉快，老麥更是樂在其中。

吃完甜點，麥爾斯發出了飽足的呻吟，一副「我不行了，你們誰能帶我回家」的樣子；王老師決定該帶著學生告辭了。「我可以載你們到城裡，」她跟年輕人建議：「三個坐後面，一個坐前面。」這個提議馬上全數通過，大家都鬆了一口氣。

木蘭把碗疊在一起，隨明明走進廚房，幫忙她把用過的餐具放進洗碗機裡。

「我可以問妳一個問題嗎，明明？」她首先開口。

整個晚上她都在觀察這對非常不一樣的夫妻。現在她一定要問一個問題，是她從來沒有對自己父母提出過的。「妳是中國人，妳先生是德國人，難道有時候不會很困難嗎？」

明明微笑地看著她。「哎呀，妳知道嗎，木蘭，我都是用物理學的眼光來看待這一切，好比說萬有引力啦、地心引力啦、磁力啦等等。而這些力量能不能發揮功效，妳自己不就是一個最好的證明？至於國籍這種東西，在我的圈子裡早已無足輕重；頂多是在要與某個同仁視訊時，才會考慮對方的國家是不是剛好在半夜裡，大家都在睡覺。或是妳看看我這個廚房，洗碗機是德國Bosch的，這裡叫『博世』；但爐子絕對是中國式的，因為方便用鑊炒菜。我想，妳只要輕鬆看待一切就好，沒什麼過不去的。」

「木蘭，妳在哪裡？我們要走了！」尤妮絲在客廳裡叫她。

「謝謝！」木蘭連忙道謝。一時之間想不起來還可以問什麼，但她是衷心感謝這個不平凡的女子，如此誠懇的回答。

其他人都準備好要出發了，黃金獵犬因為知道出門散步在即，興奮地一直在大門前原地轉圈。一行人告辭主人出來，全部塞進了王老師的小車裡。木蘭坐在前座，雙胞胎將尤妮絲夾在中間。車駛過空無一人的街道，朝著上海市中心開去。

「天啊，現在感覺終於好一點了，」當他們重新置身在熙來攘往的市區街道上，尤妮絲鬆了口氣大聲地說：「剛才那是什麼狗不拉屎的地方啊！」然後誇張地用手假裝捂住嘴巴：「Oh，sorry，我可不是指麥公公的那隻寶貝喔。」

他們在人民廣場下車，各自搭地鐵回家。當木蘭走到小區門口，值班警衛——不是先前的那個——友善地跟她招呼問候，木蘭幾乎有了回到家的感覺。屋裡沒有點燈，但這次在舅舅、舅媽臥室的門後，聽不到壓抑的耳語或克制的咳嗽聲了；從外婆的房間，則一如往常傳來陣陣均勻的鼾聲。等著她的是靠著碗豎立在餐桌上的一封信，碗裡還放著愛心芝麻餅乾。不行，什麼都吃不下了，但信的內容卻一定要看。木蘭坐到床上，撕開信封。

慕尼黑，十一月一日

親愛的木蘭：

為什麼我那麼久沒有回家，在上封信裡並沒有說出所有的原因。妳一定問過自己，我們早就可以一起回去探望我在上海的家人，為什麼沒有做呢？第一個原因就像我之前所說的，那時候機票還太貴，我們負擔不起。但真正讓我裹足不前的，是妳外婆對我要嫁給葛雷歐時的反應。當時我滿懷喜悅地寫信告訴她這個好消息，但她卻回信告訴我，如果要嫁給一個外國人，那就不用再回來了！妳可以想像這對我的傷害有多深。她雖然生了我，但並沒有將我帶大，她憑什麼跟我說那樣的話？

這麼多年下來，我其實已經幫她找到了很多理由。當年中國還沒有像今天那麼開放，對妳外婆這樣一個還信奉共產主義和毛澤東的信徒來說，外國人就等於是資本主義。另外，或許那也是最主要的原因：她始終沒能和一個男人有過一段好姻緣，這讓她變得相當憤世嫉俗。我的父親讓她懷孕，卻從此從她的生命中消失；第二個男人只和她共度了短暫的時光，就又拋下她遠去。一個總是必須單打獨鬥的人，會變得果敢堅強，但有時候也會變得冷漠無情。

現在才告訴妳這些，是因為我不希望妳帶著偏見去見妳的外婆。妳應該自己去認識她，以自身相處的經驗認識她；而我相信妳也已經看到了她的好，她值得尊敬的一面。我更確信，蘭蘭早已是外婆疼愛有加的寶貝孫女了。

妳其實是被我「派」去上海的，我勇敢的木蘭；就像妳名字的主角一樣，妳這次也是「代父出征」，而且「戰果輝煌」！因為我的家人已經完全接納了妳。經過這幾個星期，我還清楚意識到另一點，此番妳去上海，也像一名使者一樣，代表新的一代已經擺脫了過去的束縛，可以有一個全新的開始。

好，今天就先說到這裡。我和妳爸爸已經天天在翹首盼望，希望能趕快再看到妳。慕尼黑的初雪已經下過，下次Skype的時候，再給妳看看現在花園裡的樣子。好好享受上海溫和的氣候，德國的冬天還夠妳受的。

祝一切順心

妳的媽媽

木蘭現在可是完全清醒了。在外婆眼中她是不是也是一個外國人？她彷彿又看到初次見面時，外婆在自己臉上尋找那陌生的、屬於父親那一半的犀利眼神。

爸爸媽媽結婚多久了？快十七年了。為什麼一句在氣憤中說的話，僅僅就那麼一句話，竟然能讓兩個人背負了那麼長久的重擔？

她又想起了先前和明明的對話。麥公公的太太讓自己生活在一個沒有「外國人」這種概念的環境中，木蘭希望也能這樣，畢竟她自己就是一個活生生的例子：哪裡都可以是外國人，但哪裡也都可以不是。

在海的上方

在林家，只要木蘭的手機響起，仍舊會馬上引起全家的注意；尤其當全家在一起吃晚飯的時候，那就更不用說了。但木蘭現在已經很知道如何應付這樣的局面。看到螢幕上顯示出是誰打來的電話，她立刻含糊地說了一聲「對不起」，然後就面不改色地離開餐桌，躲進自己的房間，只有跟外婆很快地交換了一個眼神。她總是要教會這一家人，什麼叫做「個人隱私」，就算中文可能沒有辦法確切解釋它的意思。

「念申？」

「木蘭！我們可以碰面嗎？」

「現在？」她很想告訴念申恐怕沒有那麼容易，但聽出他聲音裡的迫切，她只回答說：「好，我想辦法出來。要在哪裡碰面？」

「我們的石凳？」

「那裡太冷，而且天已經黑了。」

「妳說的沒錯。」他考慮了一下，「我現在朝妳住的方向過來，這樣等會兒妳回去也不會太遠。」

「好，總會找到個地方的。半個鐘頭後在我家這邊的地鐵站出口見。你趕得到嗎？」

「沒問題，待會兒見。」

木蘭快速想了一遍附近有什麼可去的地方。中國人沒有約朋友去街角小酒館喝一杯的習慣；在這裡都是相約吃飯，不會相約喝酒。木蘭記憶所及，不曾在街上碰到過什麼喝醉酒的人，也沒見過手裡拿著啤酒瓶，到處閒晃的年輕人。中國人喝酒通常只在吃飯的時候，喝的多是烈酒或米酒之類；他們當然也會喝醉，但很少會在公共場合看到。

這樣的習慣，讓晚上可以碰面的地方變得相對有限。念申的聲音聽起來，並不像是想去音樂喧鬧的啤酒館。木蘭想到了一間小咖啡廳，到醫院探病的人，常會推著病人一起坐在裡面聊天；很多病人穿著睡衣不說，有一次木蘭甚至看到一個病患，手上吊著點滴也坐在裡面！希望它晚上有開。

但首先她得從家裡脫身。木蘭不動聲色地坐回餐桌，對從四面八方投射過來的詢問眼光，視若無睹。她把念申來電的時間和她宣告要出門的時間，盡量拉開。吃完飯，收拾完畢，她不經意地隨口說道：「我出去逛逛，看看有沒有什麼東西可以買。得慢慢買些要帶回去的禮物了。」

所幸這個時候出去買東西並不奇怪，一般商店都開到很晚，方便下班回家的人有足夠的時間購買日常所需。

「妳現在還要進城去嗎？」舅媽有點兒擔心地問。

「不進城，就在附近看看。」如果舅媽開口說要陪她一起去，那麻煩可就大了。幸好她最愛看的連續劇七點開始，明朝宮廷歷史劇，今天播出第二十三集，絕不能錯過。

鬧北區雖算不上是購物天堂，但還是有幾家暢貨中心；每天晚上在路邊擺地攤的也不少，總可以撿到一些便宜貨。街上其實是禁止擺攤的，所以只要警察一出現，那些攤販馬上就會闔上提箱，帶著商品，躲入附近的大樓出入口。但只要警察一走，買賣就會繼續進行。

木蘭跟大家說了聲：「一會兒見。」就一陣風似地衝下樓，快步走向地鐵站。時間一刻不停。

念申已經等在那裡，木蘭投入他的懷中。

「距離好遠呵。」他在她耳邊低語著。

「什麼距離好遠？」木蘭不解地問，她馬上就感覺到事情不對。

「我收到了台北來的大學錄取通知，是我最想念的台大歷史系；備取候補上去的。因為學期已經開始，我必須盡快趕去註冊入學。」念申一口氣把話說完，好像不這樣就沒力氣說了一樣。

木蘭楞在那裡完全說不出話來。她只覺得雙膝發軟，必須靠在念申的身上。

「我爸媽已經幫我買好了星期五的機票。我會先住在我舅舅家。」

木蘭在腦中快速盤算，今天是星期二，還有兩天。她一直以為，自己會是那個先行離開，結束兩人幸福的人；她一直相信，這件事是主控在她手裡，這樣至少可以慢慢調適，慢慢面對。但沒想到現在卻迎面襲來一擊，攻得她措手不及。這麼快？只剩下兩天？木蘭覺得自己幾乎無法呼吸。

但她怎麼可以那麼自私，只想到自己呢？對念申來說，能到台灣去念大學是多麼棒的一件事！不知他的感受又是如何？一定是憂喜半參，高興和難過兩種感覺，撕扯著他的心。

還有兩天。突然，日前想起的那首詩又出現在腦海，這次則是第二段：

讓枝頭最後的果實飽滿；
再給兩天南方的好天氣，
催它們成熟，把
最後的甘甜壓進濃酒。

再給兩天南方的好天氣。

手牽著手，兩人沿著街道一路沉默地走著，直到木蘭看見了那間咖啡廳，幸好還開著。今天她完全無心觀察其他的顧客，兩人找了一張盡量靠近角落的桌子。木蘭點了一杯木瓜牛奶，念申則是一杯咖啡。

當兩人終於安靜坐定，念申用雙手托住下巴，聲音從指縫間含糊不清地透出：「再想下去我都快要精神分裂了。能去台北念大學就像中了頭獎一樣，台灣最好的大學，最好的師資，將來也可能有最好的出路。但另一方面，我不想離開這裡，說什麼也不想走。」

「不要這樣，念申。你看，再過兩個星期我也就不在上海了，這是我們從一開始就知道的。現在只是變成你要先離開罷了。」

「所謂的將來是那麼遙不可及，無法預知；但兩個星期代表的，卻是好多好多可以把握的現在！」

木蘭點頭。絕望的眼淚滴落在木瓜牛奶中。但她隨即振作起精神。「我們一定要做點什麼，念申。我是說，在我們所剩不多的時間裡。我可以蹺課，你能騰出一天時間嗎？還是你必須打包？」

「必要的時候我可以利用夜裡收拾行李。妳說得沒錯，我們必須走開一下，遠離市區，遠離家人。我們需要空氣，需要風，需要自由呼吸。好，我知道要去哪裡了。」他的精神又回來了。「我們坐船去普陀山，那是中國四大佛教聖地之一。它不高，而且是位在一座小島上。去那裡通常需要兩天一夜，是適合安排在週末的行程；一天往返雖然有點兒瘋狂，但不是不可能。我會去打聽清楚該怎麼走，但妳先要有心理準備，我們一定是一大早就出發，然後很晚才會回來。」

木蘭突然有鬆了一口氣的感覺，不用再多想了，只需要想到後天就好。「好，那就是後天。但現在我得走了，而且最好是一個人走。這裡眼線太多，太危險。你再打電話告訴我，我們幾點在哪裡碰面。」

從現在開始，每一次短暫的別離，都是朝那最終的別離邁近一步；每一次暫時的道別，都是在為那最終的道別暖身。無所遁逃，迫在眉睫的事，現在有了一個具體的日期。

回家的路上，木蘭還很快地在地攤上買了一件T恤，上面的圖案是由熊貓展示的二十四式太極拳。送給不愛運動的老爸，真是再適合不過；但她現在總不能空手返家吧？因為心情太過激動，她甚至忘了跟小販還價。

地攤老闆有點不敢相信地將裝著T恤的條紋塑膠袋遞給木蘭。他心裡八成在想，這個年輕女孩看起來不像是本地人，大概是從邊疆省分來的鄉巴佬，不知道在這裡東西該怎麼買。不管把她歸到那個少數民族，木蘭都無所謂，因為她反正自成一格。

星期三早上在去學校的途中，木蘭的手機突然又響了起來。

「念申？」木蘭感覺自己的心臟快要跳出來了。

「木蘭，還身在同一個城市，我沒有辦法不見妳；即使一個鐘頭都好。妳可以撥出時間嗎？」他的聲音沙啞且充滿渴望。

「當然。」

「兩點？」

「去哪裡？」

「去看最後一眼我們的城市。搭地鐵，過浦東以後第一站下車。」

「去開瓶器？」

「等會兒妳就知道了。」

木蘭走到地鐵閘口的時候，念申早已等在那裡。她試著將一切都深印到腦海中：念申凝望她的神情、擁抱她的手臂、親吻她的時刻。為未來儲存起來。

「我們到上海中心大廈上面去。那是中國目前最高的建築，今年夏天才剛剛蓋好。觀景台有五百六十一公尺高。妳不會頭暈吧？」

「跟你在一起時就會。」木蘭一邊說一邊挽住了念申的手臂。

她仰起頭，想要看到建築的頂端，但那棟以優雅之姿旋轉入雲霄的大廈，尖端躲在雲霧之中。

換乘了好幾段不同的電梯，他們以極快的速度不斷往上攀升。木蘭有一種感覺，好像地板在將她的雙腳往上托起，但她的胃又同時在往下墜落，耳朵因為壓力的變化堵了起來。很難解釋為什麼，但這種感覺正像她現在的寫照。自從木蘭知道念申即將離去，腳下就失去了踏在實地上的感覺。

抵達觀景台，他們走出電梯，木蘭緊緊跟在念申的背後。落地的玻璃帷幕讓目光毫無支點，但也讓令人屏息的景致一覽無遺；浮雲飄過窗外，為腳下的世界——一個由積木和玩具車組成的世界——投下變幻莫測的陰影。即使再高的摩天大樓，也一樣可以俯瞰。

「明天我們要去那邊。」念申指著遠方海天交界的地平線。木蘭看著前方，這才明白為什麼這個城市會叫做「上海」——它位在海的上方。除了降落機場之前短暫瞥見過大海，木蘭因為一直住在都市叢林裡，根本忘記了其實大海就近在咫尺。

他們繞了一圈觀景台，念申指給她看兩人曾經一起去過的地方：人民廣場、法租界、外灘。他們以鳥瞰的方式向這個城市道別，一切都是那麼遙遠，那麼渺小。木蘭只覺得雙腿發軟，不知道是因為居高臨下，還是因為離別在即。

孤島一樂園

第二天木蘭輕手輕腳地起來，不想吵醒其他的人。清晨六點，外面天還是黑的。她跟家裡說，今天班上舉辦臨別郊遊，大家要一起到普陀山去。當然這個消息馬上就引起了熱烈的討論，怎麼不選個近一點的地方呢？但沒有真正反對的意見，只有一堆善意的建議：「穿暖一點喔，船上風大。」——「帶點吃的在身上，誰知道你們幾點才會到地方。」——「自己帶水去，在那種都是觀光客的地方，飲料賣得都特貴。」——「普陀山是個重要的佛教聖地，到時候別忘了給觀音菩薩上一炷香，為自己許個願。」最後的叮囑來自外婆。

念申研究出來的路線，是去普陀山最快的走法，但一趟路程下來還是需要三個小時左右。木蘭首先必須搭地鐵四號線到「南浦大橋」站和念申會合；在那座巨大的雙塔雙索斜拉橋下，是旅遊大巴的發車總站，他們要從那裡搭乘巴士到蘆潮港，然後再從蘆潮港坐快艇抵達普陀山。

雖然穿了帽T和擋風夾克，上海的清晨仍讓木蘭冷得直打哆嗦。她覺得自己裡面空空的，不只是因為沒有吃早餐就出門的關係；很可能是因為睡得太少的緣故。對兩人可以共度一天的期待，和兩人只剩一天可以共度的認知，讓木蘭徹夜難眠。雖然最後還是昏昏沉沉睡了一下，但好像也只是幾分鐘的時間，就又被鬧鐘的鈴聲吵醒。

昨天她請尤妮絲幫她今天跟王老師請假，因為她明天會生病，不能來上課。

「妳怎麼可能今天就知道妳明天會生病？」尤妮絲馬上就咬住不放，「妳要幹嗎？說！」

但木蘭沒有鬆口。也許晚一點再說吧。現在這個傷口還太痛，沒有辦法讓其他的人碰觸。

一大清早，上海街頭呈現的是完全不同的景象：早起健身的人們，在小區裡練著氣功和太極拳；襯托在高架道路和摩天大樓背後的，是輕淺柔和的朝霞；迎面而來的，不是疲憊不堪的下班族，而是精神抖擻趕赴工作的上班族。木蘭還發現，很多人都沒吃早餐就出門了。在地鐵站附近，竟然有不少的小吃攤。顯然在她平日搭車去上課的時候，這些攤販早都已經做完生意回家了。小吃攤確保了早起通勤的人，不用空著肚子趕去工作：一個熱包子或一份燒餅油條，再加上一袋插著吸管的溫熱豆漿，隨手就可攜帶上路。但木蘭沒有讓自己的腳步被耽擱。路上的口糧可以到了巴士總站再買。

但她一點也不用操這個心。早就在車站引領盼望的念申，兩手已滿是提袋，恭候多時。而且提袋裡的東西，可不是路邊攤上隨便買來的便宜吃食。為了這特別的一天，他做好了萬全的準備，將他滿心的愛意，化成精挑細選的美食。他們將會有貴族般的野宴。

車票念申也已經買好了。因為不是週末假日，沒有什麼人潮，他們甚至可以在有一半空位的豪華遊覽車上，自由選擇座位。但木蘭今天根本不在意坐在哪裡，連是否能看到窗外的景致，對她來說也完全無所謂。唯一重要的是，在念申身邊就好。她依偎在念申懷裡，安心地聞著他身上熟悉的氣味：剛洗過的T恤混合著一股男性的體味。木蘭靜靜聽著他的心跳，念申的手堅定地環繞著她的肩。車子才沒轉幾個彎，木蘭已沉沉睡去。

準備下車的騷動把她從睡夢中吵醒。

「我們就快到了。」念申在木蘭耳邊悄聲地說。

「哎呀，我怎麼把那麼寶貴的時間都給睡掉了。」木蘭懊惱地說。

「看妳睡著的樣子，感覺很幸福。真希望以後還能有這樣的機會。」他輕輕撫摸著木蘭的臉頰，因長時間靠在他懷裡，腮幫子上印有他襯衫上的紋路。「妳的頭髮好香。」

片刻的溫柔被車上提著大包小包下車的遊客打斷。兩人也急忙抓起行囊，追趕在後；還好念申認得路。

木蘭以為她會看到一個很羅曼蒂克的小港口，岸邊豎立著一座浪漫的燈塔；

結果映入眼簾的，卻是一望無際的碼頭、大片新開發的購物區及住宅區，還有森然聳立在地平線上的巨大貨輪，正在裝卸著貨櫃。

連搭乘的船隻都不是那種可以靠著船弦，任海風吹過髮梢的「正常」渡輪，而是一艘超現代的高速快艇，乘客都必須坐在船的腹艙內，像坐進另一輛遊覽車一樣。不同的是艙內有桌子，念申已經開始把帶來的食物，一一擺在她面前。

「第二頓早餐。」念申宣告。「要我幫妳買杯咖啡嗎？」當然船上也有賣咖啡的地方。

「好的，多謝。現在真的很需要一杯。」

木蘭斜眼瞄了一下四周的人，發現大家都有志一同。中國人出門，吃的絕對不會少帶，各自有各自的習慣。只見到處都有在剝茶葉蛋的，也有很多拿著免洗筷，就著便當紙盒，大口享用特別為出遊準備的美食；比較簡單一點的，則是拿著碗裝泡麵去裝開水，給自己下一碗熱騰騰的麵條。

「吃一點，不要讓胃空著。」念申催促著她。快艇已經出發了，乘風破浪，急速前行；濺起的浪花拍打在玻璃窗上，讓大海看起來更加灰暗。

「搖晃得好厲害。」木蘭不得不承認。但吃下去的早餐和提振精神的咖啡，確實發揮了它們的功效。木蘭原本頭腦昏昏，肚內空空的感覺，已漸漸消去。當船艙內的人陸續用餐完畢，四周遂又沉寂了下來。

「我可以就這樣一直航行下去。」木蘭靠在念申的肩膀上。

「是啊，一直航向世界的盡頭。」

「就我們兩個。」

「一趟穿越時空的旅程。」

「那你希望回到哪裡去呢？」

「我覺得，中國古時候的朝代都不太適合居住，或許回到中古世紀的紐倫堡，作一個商人吧。」嫻熟歷史的念申表示。

「那當你的太太，我不就得待在家裡幫你養一堆孩子？謝謝你喔！」木蘭抗議地說。

「那妳想去哪裡呢？」

「嗯，我想作一個研究學者，自然科學類的，一個研究人類遺傳基因的先驅者。所以可以留在現代沒有問題。」

「當然有問題，這中間隔了那麼長的時間，我要做什麼？」

「你帶狗出去散步！」

兩個人大笑起來。木蘭告訴念申他們去拜訪麥亞先生家的事，留給她深刻的印象。

時針不斷地往前走，他們無法置身時空之外。快艇全速朝著目的地前進，一刻不停地朝著那個位在東海的小島全速前進。

「我先給妳導覽一下，這樣妳對我們等會兒要去的地方，才會比較有概念。」念申的話把木蘭又拉回了現實。「中國有四大佛教名山，其中三座都位在大陸本土，海拔都相當高；普陀山相較只有三百公尺左右，而且是位在一個小島上。那裡是救苦救難的觀音菩薩在凡間的家鄉。島上有很多的寺廟和庵院，幾百年來到此朝聖的信徒不計其數，所以也有很多供香客住宿的地方；當然，現在因為觀光客的關係，變得跟以前有點不太一樣。整座島嶼可以徒步繞行，島上沒有汽車，只有帶觀光客到各個景點的小巴。」

「顯然你已經去過普陀山了。」

「去過好幾次了。都是陪我媽去的。當時我年紀還小，對廟裡祭祀的儀式等都不太懂。只是很不耐煩地一直等到可以去沙灘上玩。」

「那裡真的有沙灘？可以下水游泳的那種？」

「普陀島上有兩處非常美麗的沙灘，一個叫百步沙，一個叫千步沙，但很少有人在那邊游泳。大部分的中國人都比較怕水，甚至根本不會游泳，人們頂多就是將腳伸進水裡泡泡而已。不過據我所知，因為基於安全考量，那裡是禁止游泳的。」

「有鯊魚？」

「我想應該更是為了防止不會游泳的人，隨便跳到水裡去玩命吧。非常多的中國人都是旱鴨子，一輩子也沒見過海。」

「你媽媽是虔誠的佛教徒嗎？」

「是的，她固定會到這裡來進香朝聖；但據我觀察，她也很可能是因為想家的緣故而到這裡來。普陀山會讓她想起台灣，不論是氣候或是自然景觀，這兩個小島都很相似。每當她受夠了上海都市的一切，就會到這裡來休息，充電一下。」

木蘭腦海裡很快閃過一個念頭：這麼多年來，媽媽一定也有想家的時候，不知她都躲去什麼地方？她並沒有一個小島可以去，可以短暫避開周遭的一切……。木蘭決定以後一定要多問問這方面的問題。但現在她在這裡。

「那我們呢？」木蘭問念申。

「我們去找一個只屬於我們兩個人的地方。」

「外婆要我替她給觀音菩薩燒一點香。」至於許願的事，自己知道就好。說出來的願望是不會實現的，每年八月爸爸都會帶木蘭一起看流星，他曾經這麼告訴過她。

「看前面，觀音菩薩已經站在那裡等我們了。」從一座山丘上，也就是所謂的聖山，一座巨大的銅像居高臨下，俯瞰著海面，右手掌心向外朝上舉著，好像在祝福著眾生。

木蘭跟著其他遊客一起登岸，從密閉的船艙走出來，首先讓她感覺不一樣的，就是島上的空氣：特別濕潤，比上海溫暖幾度，感覺非常舒服。海水的顏色也變得不一樣，從先前沉重的灰藍變成了淺亮的土耳其藍，正好呼應著萬里無雲的蔚藍天空。因為極為疲累，木蘭對周遭環境的感受變得極為敏感：刺眼的陽光、照耀在水面的反射、海鷗的嗷叫、還有那混合著海草、魚腥和鹽的氣味。走進南海觀音的國度，木蘭覺得好像踏入了另外一個世界。這裡還見不到秋天的影子，丘陵帶上仍是一片綠意盎然。

付過了登島的「門票」，他們將簇擁著觀光客的攤販，不管是賣紀念品的還是兜售吃食的，全都拋在身後，兩人轉進了一條被綠蔭籠罩的山徑；山徑兩側長滿了跟人一般高的蕨類植物，整條路上都是濃蔭遮天。他們手牽著手一起登上位在雕像腳下的觀景台。突然，整個大海呈現在眼前，那尊巨大的銅像也一覽無遺。木蘭屏住了呼吸——不是因為迎面而來的海風。

念申馬上就注意到了她的反應。「觀音菩薩也是旅行者和行船人的守護神。所以她必須隨時注意她的子民，引導他們安全回港。就像燈塔的功能一樣。」

幸虧外婆教過她如何拜拜，木蘭大概知道如何和另一個世界打交道。她走到一個攤販前面，買了一束香，把一半塞到念申手裡。在一個大香爐前他們點燃了手裡的香，在觀音像前鞠躬祝禱，然後看著繚繞的香煙，緩緩升高。兩個人都沒有開口說話。

沿著一條較高的山路，他們一路緩步向前；整個山坡上種著一排排半高的灌木叢，念申指著那些葉子小而緊密的矮樹說：「妳看過茶葉是怎麼生長的嗎？」

「看起來就跟一般做圍籬的小樹很像。」

「那是普陀山的普陀佛茶，這裡因為濕度高，氣候溫和，所以茶葉長得特別好。而且這裡都是用人工採茶，是非常辛苦的工作。」

但木蘭的目光已經望向更遠的地方：「你看前面那邊！」

在他們下方是一片弧狀的半月形沙灘，太平洋的海浪不斷拍打著岸邊。

「那就是千步沙。」

將近三個月生活在都市叢林，現在終於看到地平線上不再是摩天大樓的剪影，木蘭覺得舒了好大一口氣。她邁開步伐一路往下衝，長髮在風中飛揚，橫過寬闊的沙灘，直衝到海水邊。念申努力地跟上木蘭的腳步。

喘著氣兩人並肩站在沙灘上，望著眼前的大海。

「現在沒有任何東西橫亙在我們和美國西海岸之間。」念申說。

木蘭已經脫掉鞋子，把腳指頭鑽進濕涼的沙子裡。

「對了，我今天還沒有練習寫漢字呢。」一想到她現在原本應該在學校上課，木蘭對眼前的這一刻更加珍惜。她撿起一個被海浪衝過來的木塊，開始在沙灘上「畫」起字來。像一支用書法跳出的舞曲，木蘭的腳印錯落在一筆一畫間；念申用手機拍下整個過程。當木蘭寫完，他們兩個人的名字大辣辣地呈現在沙灘臨海的吃水線旁。

摟緊了對方，他們看著潮水一點一滴地把字樣慢慢吞食。過不了多久，沙灘上就再也不會留下任何痕跡了。

「我還想帶妳去『法雨寺』看看，」念申很快地瞄了一眼手錶，「我和我媽每次也一定會去那裡。廟裡的和尚會提供善齋給來朝聖的香客吃，我們也必須再補充一點精力才好上路。參觀完『法雨寺』，我們可以搭接駁車回到碼頭，剛好可以趕上最後一班渡船。」

「如果一定要的話。」木蘭指的是趕搭最後那班渡船，不是趕去那間寺廟。

兩人默默沿著海灘散步。時間一刻不停，指針往前催逼，木蘭愈走愈沉默。一個瘋狂的想法閃過木蘭的腦海：何不乾脆錯過最後一班渡船，木蘭和念申從此被困在這個孤島上，滯留在這個樂園中！但現實很快就把她拉了回來。明天，她會坐在教室裡繼續上課，而念申則必須搭乘飛機返回台灣。她不能再用這些亂七八糟的想法打擾他的心緒。但木蘭很想跟誰打個賭，賭這個念頭一定也在念申的腦海中出現過。

法雨寺就座落在沙灘的上方，六重殿宇依山而建，雄偉壯麗。念申買了兩張善齋的飯票：炒米粉、兩樣青菜、一塊豆腐皮和一碗湯。雖然已近黃昏，室外的溫度還是非常暖和，兩人就坐在樹蔭下吃將起來。

死刑犯的最後一餐。木蘭苦澀地想著，努力把米粉強吞下肚。

穿著黃色袈裟和棉鞋的和尚，開始清掃內院裡的落葉和香客所留下的垃圾；同樣的事情，三百年前就在這裡發生，因為三百年前這裡就是香客來朝拜的地方。有的事永遠不會變，有的則變得太快。

「念申，我覺得好難不去想以後的事。」木蘭突然再也忍不住了。

念申沉下筷子，凝視著她。「我知道。我也是這樣。想去計畫以後，卻什麼也不能計畫。」

「我們之間，」她結結巴巴地說：「是非常特別的。以後不管發生什麼事，我們之間都不會變，好嗎？」

念申默然地點點頭，他也突然失去了聲音，無語作答。雖然沒有明說，但兩人都了然於心，現在不是說什麼山盟海誓的時候。

接下來所有的事都發生得好快。一輛麵包車將他們載到上船的地方，快艇已經等在岸邊。搭船渡海時，木蘭只覺得恍惚而模糊。她不確定是因為外面起伏不定的波濤所致，還是因為淚濕了雙眼的緣故。濺起的水花映照著燈光，在玻璃窗上快速地滑過，搖晃的光影在黑色的海水上不斷閃爍。木蘭十指與念申緊緊相扣，將頭抵靠在他的肩膀上；胃在搖晃，木蘭盡力控制住噁心的感覺。現在絕對不能吐，木蘭告訴自己，並咬緊了牙根。

從碼頭走到搭巴士的地方，只有短短一小段路，但晚上清冷的空氣讓人感覺舒服很多。海灣被留在身後，他們又投身於房屋櫛比的都市叢林中。而車窗外的叢林，在夜幕之中也只是一團由黑暗與光影交織而成的模糊幻影而已。

他們在橋下的巴士總站下車。

「謝謝這麼美好的一天，念申，謝謝所有的一切。」木蘭將手環繞著他的肩膀，「最後這一段路我自己走，這樣比較好。」

然後他們最後一次吻別，吻得如此之深，盼永留於心；如此忘情，無視於旁人。

念申塞了一個小布包到她手裡。木蘭將禮物緊緊握在手心，但沒有停下腳步。「謝謝！」她朝念申喊了一聲，就頭也不回地衝下通往地鐵的樓梯。

回到家，木蘭胸前掛著一塊白玉，貼身藏在她的T恤之下。一條吊在紅絲線上的小白龍。

打開深鎖的門扉

第二天早上木蘭睡過了頭，更貼切的說法也許是，她沒有那個意志力起來。學校、尤妮絲、所有的同學、王老師的聽寫……太多了，她應付不了。就讓她的「病假」再多請一天吧。木蘭躺在床上，眼睛瞪著天花板，念申現在在做什麼？他人在哪裡？在去機場的路上嗎？還是已經進關了？她沒有辦法不去想他，覺得自己的一部分已隨著念申離去。

一陣緊急的敲門聲把木蘭拉回了現實。

「木蘭，妳醒了嗎？」Oma的頭從門縫裡伸進來。

木蘭不記得自己有說「請進」，但現在不是爭論的時候。

「妳不舒服嗎？」

「沒有，呃，有一點。」

「怎麼了，蘭蘭？這一點也不像我認識的妳。妳從來不會睡過頭的，不像妳表哥，必須一天到晚有人在後面盯著。」外婆坐到她床邊，仔細打量著她。

「其他的人都走了嗎？」

「早走了。現在已經九點半了。昨天的郊遊怎麼樣？弄到很晚才回來噢。」

「妳有聽到我回來？」昨晚她已經盡量躡手躡腳地溜上床了。

「當然，不然我們早就派搜索隊出去了。」只見外婆嘴裡的金牙閃了又閃。

突然，木蘭再也忍不住了：「外婆，我沒有跟學校出去玩，是跟念申一起去的普陀山。昨天是我們的最後一天，他今天就要飛去台北了，他拿到了台灣大學的入學許可……」本來還沒準備哭的，但眼淚已經流了下來，話也哽在喉嚨裡。「外婆」，木蘭只叫了一聲，就再也忍不住大聲啜泣了起來。

老太太笨拙地伸出手，輕輕地撫摸著孫女的頭髮。用肢體語言表達感情，顯然不是她的強項。但外婆自有她安慰人的方法。

「蘭蘭，妳一定要往好的方面想。對他來說，能去台北念書是個大好的機會，而妳反正再過兩個星期也要回慕尼黑去了。」

但看了一眼哭得傷心欲絕的孫女，她知道現在理智的勸說起不了任何作用。Oma決定試試別的方法。「可惜在傳統中醫裡沒有專治失戀的藥方，但以前一個比我們有智慧的人，曾經這麼說過：『閃亮的日子，勿因逝去而哭，要因擁有而笑。』」

「孔子說的？」木蘭很自然地接口，一個微笑幾乎就要浮上嘴角。

外婆離開了房間，木蘭很快地看了一下自己的手機。尤妮絲寄了一則簡訊：「現在什麼狀況？還在生病嗎？」除此之外沒有別的訊息。她和念申說好了，不要聯絡；但私底下卻衷心希望，他不要遵守這個諾言。

在木蘭淋浴的時候，外婆已經幫她把早餐準備好，並且繼續去忙別的事了。有人寵愛的感覺，真好；有人可以將她從混亂的深淵拉回正常的生活軌道，真好。隔著桌上，木蘭感激地看了外婆一眼。有誰會想到，她那強悍的、一開始那麼難以親近的Oma，竟然會成為她最信賴的人。

「我必須出去呼吸一點新鮮空氣。」乖乖吃完了熱呼呼的粥——外婆治療所有憂傷的靈丹妙藥——木蘭對外婆表示。

「很好，躺在家裡是沒用的。氣血要運行才行。」

「明天我會去學校，反正也只剩下期末討論了。但今天我還沒有辦法面對一切。」木蘭為自己的行為跟外婆道歉。

「慢慢來，我不會跟其他人說的。記得吃晚飯的時候回來就好。」

木蘭又坐在外灘公園那張她和念申的石凳上。從「我們的石凳」又變成了「我的石凳」。她呆呆地凝視著水面。距離上次坐在這裡，情況已改變了好多，但那只不過是前天的事而已呵。她幾乎還能感受到念申的存在。木蘭想起了兩個人第一次來這裡時所許的願望；一對沒有未來的小情侶，曾經在上海外灘擁有過一次短暫的幸福。

河面上吹來的風，明顯變涼了許多。

誰此時沒有房子，就不必建造，
誰此時孤獨，就永遠孤獨，
就醒來，讀書，寫長長的信，
在林蔭路上不停地
徘徊，落葉紛飛。

寫長長的信？像媽媽那樣嗎？他們決定不要這麼做。因為就算可以在信紙上或是在電子產品的螢幕上互訴衷情，沒有了肢體的接觸，不能具體計畫未來，一切只是徒留心痛，一切都是枉然。媽媽的故事或許可以封在藍色的信束中傳遞，因為那些都是過去的前塵往事。但和念申，一切才剛剛開始啊！他們的愛情怎麼可能只用言語表達？不管是用哪種語言。

木蘭覺得整個人像被掏空了一樣。眼界所及，只有江上那些往來的船隻，才剛進入眼簾，就又離開視線。忽左忽右，忽進忽出。所有的東西都在移動，沒有東西可以抓得住。

木蘭不知道自己在那裡坐了多久，直到全身發冷才突然警覺，她該回家了。晚飯的時候，她跟大家報告昨天出遊的經過，非常尷尬地發現，她竟然兩手空空的回來。真是只有想到自己啊！所有的中國人都一定會記得帶點東西給家裡：當地的茶葉、土產，即便只是一包餅乾或蜜餞都好。他們現在一定在想，終究是無可救藥的「半條龍」。唉，不管他們怎麼想了。最後她還給自己早上睡過頭找了一個挺合理的解釋：「因為昨天晚上回來得太晚，今天王老師放了我們兩個小時的假。」木蘭一邊說一邊緊張地瞄了外婆一眼。後者看起來沒有絲毫不滿或任何指責之意，反而饒富趣味地聽著孫女信口開河。

「我們也有新消息，」舅舅滿臉欣喜地開口，「自從妳來了以後，我就常和妳媽通信。」

噢，是嘛。木蘭暗想：隔空監視，越洋控管。但事實並非如此。

「姐姐已經很久沒有回來了，所以她想藉這個機會，到上海來接妳一起回去。木蘭，妳知道嗎？妳幫這個家打開了幾扇深鎖的門。」

木蘭一時說不出話來。媽媽？來上海？她的目光轉向外婆，Oma正笑吟吟地對著她點頭。她早就知道這件事，卻一個字也沒有透露。

「那她什麼時候來？」

「這本來就是要給妳的驚喜。她星期一出發，星期二到上海。但我想她在這封信裡，應該都自己告訴妳了。」舅舅一邊回答，一邊遞給她一個藍色信封。

「妳的語言課星期一結束，」舅媽接著表示，「妳媽甚至在妳回程的班機上，也訂到了一個位子。所以妳們會有一個星期的時間在上海，然後再一起回德國。她原本也想把妳爸爸帶來，好跟大家認識，但在這麼短的時間內，他沒辦法安排休假出來。」

木蘭又很快地看了外婆一眼，後者露著金牙，正帶著一抹深不可測的微笑回望著她。所有的人都充滿期待地望著她，期待看到木蘭對這件事情的反應。

「喔，太棒了。」她聽到自己說。但聲音卻不怎麼興奮。不是她不高興，只是一下子發生了這麼多事情，她還來不及消化。念申走了，媽媽卻要來了！這些人哪裡知道，她現在的心情就像坐雲霄飛車一樣，忽上忽下，起伏不定。

「我們想，再放一張床墊在妳房間裡，這樣妳們母女倆就可以促膝談心了，」舅媽是行動派，向來實際。「我非常期待見到這位姊姊。」

姊姊？木蘭不解地看著表哥。

「我媽的意思是指她的大姑子，但在上海我們都叫姊姊。」他解釋給木蘭聽。

「這樣我們全家就都到齊了。」從外婆的聲音可以聽得出來，她對這個情況甚感欣慰。

木蘭意識到，失而復得的女兒要回家了，對外婆來說是何其重要。媽媽來上海，不只是來接女兒而已，她還是來和解的，是來跟全家人團聚的。而她，木蘭，就像舅舅之前所說的一樣，是她先舖好了和解的這條路，是她幫忙開啟了和解的這扇門。她突然發現，自己在這個錯綜複雜的家庭關係中，居然佔了舉足輕重的位置。在寫給她的信裡，媽媽不只跟女兒講述了她的故事，也讓自己回顧了過去的一生。而這段回顧的過程，讓一些事情起了變化。

「真是好個『大團圓』啊！」表哥戲謔地說。

所有的人都笑了起來，只有木蘭不明就理。最後，還是表哥不忍看她傻傻地坐在那裡，跟她解釋了笑點：「通常這麼說，是表示一個四散的大家庭，所有的人終於又都重新歡聚在一起；但在老式的小說裡，『大團圓』也常常是表示，家裡原本有好幾房太太擺不平，但最後終於能和平相處，有個圓滿的結局。妳看在我們林家，是不是所有的女人都很強悍！」表哥結束了他的論述，並心照不宣地與父親相視一笑。

「畢竟是我們女人撐起了半邊天，」外婆補充解釋，「當然需要強壯的臂膀。」

「毛主席說的。」木蘭和表哥異口同聲地附和。

玩笑歸玩笑，木蘭對自己也能身為林家的女人，心裡還真是有那麼一點小小的驕傲。新消息來得太突然，她仍感覺一切不太真實。

收拾餐桌的時候，她偷瞄了時鐘一眼，並往後推了六個小時。德國現在是中午，正好可以跟媽媽用Skype通話。但媽媽的那封信要先看，也許她在信裡有說，為什麼會作這樣的決定。

慕尼黑，十一月七日

親愛的木蘭，

這是我寫給妳最後一封寄到上海的信，因為我自己馬上就要到上海去了。是的，妳沒有看錯，妳的母親已經決定要回家了。

我終於能跳出自己過去的陰影，最要感謝的人就是妳，木蘭。是妳讓我明白，人不可以停留在原地；是妳把我和我的家人又重新聯繫了起來。在寫給妳的信裡，我學會從另一個角度去看自己的過往。謝謝妳耐心聽完了我的故事。

家裡沒有妳變得好冷清，但也因此給了我安靜思考的空間，也讓我終於下定決心，到上海去接妳回來。相信我在上海看到的，是一個完全不同於三個月前從這裡出發的木蘭。爸爸也很想跟我一起來，但在這麼短的時間之內，他來不及安排休假。也許這次就先讓林家的女人相聚吧。

今天就不再多寫，因為我們馬上就要見面了。

擁抱妳的媽媽

木蘭只覺得心頭暖洋洋的。突然之間，她為自己以前在家的時候，經常無故亂發脾氣，惹人討厭，而感到無比羞愧。她一定要補償媽媽，而且也要跳出自己的陰影，勇敢告訴媽咪，自己有多高興她要來上海。頭一次木蘭對母親的來信直接作出回應。

她打開電腦，用Skype給家裡打電話。過了一會兒，媽媽的臉出現在螢幕上。

「哈囉，媽咪！」

「木蘭，是妳？」媽媽看著女兒，語氣中帶著點疑慮。

「我很高興，妳要到上海來接我。」

媽媽的表情顯然是鬆了一口氣。她告訴木蘭班機抵達的時間。

「可惜爸比不能一起來。」木蘭說。

「但這樣一來，當他再次看到他的兩個女人時，就會更高興啦。星期二見了！」

「星期二見，我會去機場接妳。」

星期六開啟的是無盡的空洞，沒有語言課，也沒有可以相約的念申。一直沒有收到他的訊息，並不會減少對他的思念。念申是謹守諾言？還是新環境讓他忙到無暇他顧？木蘭不甘心地一再瞪視着自己的手機。

整個上午就那樣蹉跎過去，木蘭什麼事也做不了。終於她想到了一個想去的地方。

「外婆，我們可以再去一次城隍廟嗎？」

外婆審慎地看著孫女。

「當然可以，去廟裡拜拜，不需要任何理由。」

兩人坐上前往城隍廟的地鐵，外婆開口了：

「怎麼樣，蘭蘭？媽媽要來了，妳高興嗎？」

「當然啦。只是所有的事情都發生得太突然了！」木蘭用手撐著下巴，望向外婆。對媽媽要回來這件事，她竟然是最後一個才知道，心裡一直都還有點不爽。

「那妳呢？」她也想聽聽外婆的想法。

「我當然高興啊，」外婆頓了一下：「妳知道的，我們從來都不親。但她是我的女兒，而父母與子女的關係，照孔老夫子的講法，是人類最基本的五種倫常關係之一。所以也該是我們好好彼此認識的時候了。」

「那為什麼她去了德國之後，就從來沒有回來看過你們呢？」

「這妳得自己問她了。」

就木蘭目前的瞭解，媽媽能下定決心回來一趟，真是需要很大的勇氣。她離開家鄉已經超過二十五年了。也許老爸這次不一起來是對的，雖然木蘭多希望能給爸爸一個愛的大擁抱。外婆和她女兒之間有必須要解開的死結。她們將會如何面對彼此呢？木蘭暗自決定，一定要好好注意事情的發展。經過這些日子，她覺得自己就像是一名負有使命的信差，畢竟自己也有過類似深刻的體驗，知道母女之間有時候是極難相處的。

兩人各自拿了一把香，踏進城隍廟的內院，木蘭逕自走向那座大香爐，讓繚繞的香煙布滿全身。檀香的氣味，讓人感到些許安慰。

然後她就目標明確地朝著她的守護神走去，上層最左邊的那個小傢伙。她覺得有必要去跟他道個謝，同時也還想求他一件事。念申至今毫無音訊，讓她寢食難安；當然，她其實也可以不遵守約定，主動先跟他聯絡。是啊，不行，還是可以？這種不確定的感覺簡直是要人命。她充滿疑問地舉目望向那個木雕神像，後者卻一臉淡漠地望向遠方。

這樣的問題，也許還是向一個真實的人請教吧。

在回家的路上，木蘭鼓起勇氣開口：「外婆，我可以問妳一個問題嗎？」

「當然可以，蘭蘭，隨時。」

「我和念申說好了，彼此不用通訊軟件、電子郵件或Skype聯繫。」這些電子用品的中文，木蘭早就能朗朗上口。

現在是換外婆滿臉狐疑地看著孫女。

「妳知道的呀，外婆。現在什麼東西都可以用那些新的電子產品解決，比如說寫信，但就是更快速罷了。他到目前為止一直遵守約定，什麼訊息也沒有，但我實在受不了了。妳覺得我是不是可以先寫信給他呢？」

外婆注視著孫女好一會兒才開口：「不管妳是快快走還是慢慢晃，妳前面的路都還是一樣。」

這又是什麼道理啊？Oma沒有給她一個答案，只丟給她一句耐人尋味的話，讓她自己慢慢去咀嚼。

星期天就像往常一樣，沒有任何特別。是風雨前的寧靜，或者已經是風雨後的寧靜？

下個星期家庭劇碼就要開啟新的一章了，在那之前，每個人都還先暫時保持著舊有的習慣。

雖然才三個月，但木蘭在這個家已感覺既安全又舒適；和這一家人的相處，更是自然愉快且彼此信任。她已經不再是客人，不用維持什麼形象，她木蘭原本是什麼德行，就是什麼德行。

她甚至坐在電視機前面，陪舅媽一起看她最愛看的連續劇。舅媽解釋給她聽，誰和誰是一伙兒的，然後合起來要陷害誰；搞懂後，木蘭居然也能看得津津有味。當然，她現在看螢幕上的字幕，已經不像從前那麼吃力，也是原因之一。外婆在唱她的毛歌，舅舅則專心看報，只有表哥不太確定在幹什麼：是在為寫報告收集資料？還是在跟網民一起預演抗爭？

星期一是下一場道別。木蘭最後一天上課，更確切地說，最後一天大家聚在一起。在早上去學校擠滿人潮的地鐵上，木蘭覺得心中好不酸澀。又要別離了！每次別離都讓她覺得心裡被淘空了一塊。

最後一次走過巨鹿路，最後一次趕在老式的上課鐘還沒打完，王老師還沒來之前，迅速溜進教室。

「很高興妳覺得好一點了，木蘭。上一堂課沒來，大家都很想妳呢。」王老師關心地問候。

木蘭勇敢地點點頭，好像經歷了一場奮戰一樣。事實上也是如此。

「我想今天大概沒有什麼人，還有真正的興致學習，」她面對著全班說，「我只想告訴各位，你們是非常棒的一班。剛開始的時候我還有點兒擔心，因為你們的背景和年齡都相差很多，但課程進行得很順利，真希望以後我的班上都能有一位『麥公公』，有一個理性的、可以制衡的聲音。」

木蘭斜眼看了庫特一下，她一定會很想念這位同學的，這位嫻熟不同文化的專家。

才想到這裡，他就從桌子底下拿出一大束花來，非常紳士地、以全班的名義送給王老師。「我們也覺得課程進行地都很順利，這一切都要感謝您。謝謝王老師！」

「謝謝王老師！」其他的人也齊聲附和。

「你們每個人都有很明顯的進步，」老師繼續說下去，「希望我幫助了你們不再對中文字感到害怕。大家現在已經知道，這些像圖畫一樣的中文字，有它一定的書寫邏輯和表現美學。我只希望你們在回到自己的國家後，不要馬上就忘記了現在學到的東西。」

「我有一個提議，」尤妮絲突然發話，「我們在『微信』裡弄個群組，這樣大家就可以繼續保持聯絡，也可以互相寄照片和通信，當然都得用中文！你們覺得怎麼樣？」

「當然啦。」麥爾斯和艾瑞克馬上就異口同聲地回應。

木蘭楞了一會兒才搞懂尤妮絲在說什麼。「微信」就是指智慧型手機上的即時通訊軟體「WeChat」。

「這你們得幫我弄才行，」麥公公求救了，「我雖然有一隻智慧型手機，但只會用來打電話。」

「沒問題，我們教你，簡單得很。」艾瑞克向老麥保證。

「對你們來說簡單，孩子們，對你們來說。」

「你先用漢語拼音輸入你要打的字，就像這樣，照發音打。然後螢幕上就會出現一排字讓你選，你只要在正確的那個字上點一下就行。再easy沒有了，而且即使你不完全記得筆畫也沒關係。」麥爾斯也幫著解釋。

「沒錯。」王老師這時也插進來表示意見，「現在大家都習慣用電腦，這也是為什麼中國小孩，如果要他們用手寫中文，會錯誤百出的原因。但對你們來說，卻是很好的練習，這我必須承認。」

上午剩下的時間，就用來各自表述。每個人都說說他要回去哪裡及下一步計畫是什麼。艾瑞克和麥爾斯將返回英國讀大學，但這次不再是兩人「同行」了；他們一個念建築，一個念電機。尤妮絲還有一年高中要上，只有麥公公的上海生活會照常過下去。他也因此一再強調，會多麼想念他的「同班同學」。

「能跟你們年輕人在一起，真的很愉快。」

跟庫特道別，木蘭尤其感到難過。他是自己唯一的德國「語伴」，也是自己唯一的Opa。這個角色在她的家庭劇本中是缺席的，她既沒有爺爺，也沒有外公。太多太強的女性了，木蘭心中默想。

最後，每個人當然都獲頒了一張三個月語言班的結業證書。

來到街上，所有的人就像被逐出了樂園但又不願離去一樣，繼續逗留在學校門口。就在大家還沒完全被感傷的氣氛籠罩之前，尤妮絲又非常實際地提出了一個建議：「我們都站在這裡幹嗎？一起去喝杯咖啡吧，順便幫麥公公把他的『微信』帳號給設好。」

「好主意，孩子們，我請客。」

所有的人好像都鬆了一口氣，不用馬上面對別離。但道別的時刻終會到來，在互相一陣擁抱祝福之後，各自踏上了歸途。

「我陪妳走到地鐵站。」尤妮絲主動提議。接下來會發生什麼事，木蘭當然心知肚明。「妳別以為這麼容易就可以逃掉。假是我幫妳請的，所以妳還欠我一個解釋。妳不會是真的生病了吧？」

木蘭雖然不喜歡被強迫的感覺，但有個人可以講講，心裡也舒坦些。

「念中拿到了台灣大學的入學許可，他星期五已經飛走了。」

「這麼快？」

「因為是候補上去的。我們只剩下那唯一的一天。」

「天啊，要我也一定蹺課的。結果呢？你們做什麼了？」

「我們到一個小島上去了，普陀山。上面有很多佛教的廟。」

「沒搞錯吧？你們沒去旅館開房間，反而跑到廟裡去了？」尤妮絲衝口而出。

「我們……我們之間不是那樣的，從一開始我們就知道，兩個人是不可能在一起的。」木蘭為兩人的關係辯護，但她還是感覺到自己的臉紅了起來。剛剛講的話，聽起來真是理性的可怕。也許她不應該……？一種失去的、再也挽不回的感覺突然襲上了心頭。

不可以，她不可以讓尤妮絲來攪亂這一切。這是她和念申兩個人之間的事。傷口還待癒合。當地鐵站在望，木蘭心下一寬。在這裡她們就要真正分道揚鑣了。對這個口無遮攔的朋友，木蘭不會真的跟她生氣，因為她就是喜歡尤妮絲的坦率直言。兩人相互擁抱。

「保重了。」

「我們『微信』上見！」

回到家，木蘭感到前所未有的疲憊，就好像去爬了一座大山一樣。和班上同學告別，把她的內心掏得更空。感情上的起伏不定，忽上忽下，是不是也會導致精神上的「酸痛」？她現在只想休息，只想睡覺。還好媽媽的飛機明天下午才到。

木蘭無精打采地坐在飯桌旁。其他的人都還沒有回家，還在忙著打點明天。

為著即將到來的訪客，全家人的情緒都很亢奮。舅媽因為明天還得上班，所以想把明天的菜先準備好。流浪多年的女兒要回家了，期待中還摻雜了緊張、不安與興奮。

媽媽，我在這裡！

星期二木蘭動身前往機場。她很慶幸沒有人陪她一起去；舅舅、舅媽要上班，表哥要上學，外婆私底下則早就拒絕：「妳們母女倆一定有很多話要說。」所以現在她一個人坐在開往機場的巴士上。木蘭隨身帶著她那件帽T，但這次不是為了室內那凍死人的冷氣，而是因為戶外已有入秋的涼意。

巴士行駛的路線，跟當初她抵達上海時一樣，唯這趟是相反的方向。我到上海真的只有三個月嗎？木蘭覺得每天的生活都無比充實，但每天也都在快速地飛逝。發生了好多事，好多事也已改變；她覺得自己一下子就長大了。那個易怒的女孩，那個成天抱怨、跟全世界甚至跟自己都唱反調的女孩，如今到哪裡去了？

叮！收到簡訊的鈴聲把木蘭拉回了現實。如觸電般她瞪視著手機的螢幕，映入眼簾的是三個中文字：我愛你。

就在木蘭意識到這個訊息所代表的意思時，她的身體也同時作出了反應：一股幸福的暖流流過全身，嘴裡似乎又嚐到了溫熱蘋果捲的味道。木蘭不由自主地握住了掛在胸前的那隻小龍。她輕輕撫摸著那塊溫熱光滑的玉石，就好像在撫摸一隻真正的小獸一樣。

木蘭必須承認，三個月前她是看不懂這個訊息的。那時候她還是個文盲。就在這一瞬間，木蘭心中充滿了感激。她是被逼著獲得了自己的幸福！如果當初爸爸媽媽沒有把她送來上海，她根本沒有機會遇見念申，也不可能認識她的中國家人。當初的抗拒，現在看起來是何其幼稚。她怎麼會想要把屬於自己的一部分，明明就是讓生命更豐厚的那部分，視為負擔，而想要排除掉呢？

車過盧浦橋，木蘭回頭看了一眼映著天際，聳立雲霄的上海中心大廈。她和念申曾一起在那上面俯瞰上海。念申——「想念上海」——木蘭根本還沒有離開這個城市呢，就已經有了思念的感覺。上海是她的祖籍，她的初戀，如今在這裡，她也幾乎有了家的感覺。這麼短的時間內就讓她有了歸屬感，是不是因為東方和西方，早就在這個城市交會融合了？就像在我身上一樣，木蘭想著。

然後她也無法再遵守約定，回覆了一則簡訊：我想念那個想念上海的人。她對自己竟然能用中文玩點文字遊戲，甚為得意；這要是在三個月之前，有誰會相信呢？

機場巴士轟隆轟隆地開過高速公路，穿過景致單調、空屋林立、如鬼城般的新建住宅區。木蘭不禁想起庫特和他的太太，曾在世界各地為家，最後安身落腳在機場的附近。

愈接近目的地，木蘭就愈覺得緊張。不是因為期待媽媽的到來而緊張，而興奮疲累；而是因為她滿心期待，已經等不及想要介紹一個全新的木蘭給媽媽認識。

巴士到了第一航廈，所有的旅客都下了車，拉著箱子朝出境大廳走去。再過一個星期我也要從這裡離開了，木蘭想著，心中隱隱作痛。

「妳要去哪裡？」司機再度上車，看到木蘭一直還坐在她的位置上。

「我要去入境大廳。」

「好，那坐好了。」

他們繞了出境大廳一圈，行經一些無人的街道，最後抵達一座相似的大型建築。

「你在這裡下車吧。」

「謝謝。」

木蘭走進航廈，隨即抬頭望向那個所有班機抵達上海時間的巨型看板。媽媽的飛機已經到了，但等她通關、領了行李出來，還有一會兒時間。

這次木蘭站在出關的另一端。她試著找到一個比較有利的位置，可以一眼就看到從自動門裡走出來的人。這樣的位置要搶才有；今天也同樣有很多人舉著牌子等著接人，但她不需要。

木蘭還清楚記得，當時她站在那裡，迎面而來的是一片牌海和數不盡的黑髮人頭；她走進人群就好像走進一個全新的世界當中。不知媽媽會是什麼感覺？她也是降落在一個全新的世界，二十五年前當她離開的時候，上海是個完全不同的城市。現在該輪到木蘭肩負起導遊的責任，帶媽媽一起到上海中心大廈去，從上面俯瞰介紹這個全新的上海給她。

愈來愈多旅客拉著箱子走出自動門，步入入境大廳，其中也混雜著一些老外，行李上掛著德國航空公司的吊牌。時間差不多了。

隨著每次自動門的開啟，心情就愈發緊張期待；木蘭伸長了脖子。突然，看到了，媽媽那張熟悉的臉孔出現在前方。我屬於中國的那一半，木蘭心中想著。於是她揚聲喊道：

「這裡，媽媽，這裡！」

左岸文學　276

認同三部曲——3

木蘭的外婆

Mulan
Verliebt in Shanghai

作　　者　洪素珊（Susanne Hornfeck）
譯　　者　馬佑真
封面繪圖　賀艮得（Günter Hornfeck）
總 編 輯　黃秀如
行銷企劃　蔡竣宇

社　　長　郭重興
發行人暨出版總監　曾大福
出　　版　左岸文化
發　　行　遠足文化事業股份有限公司
　　　　　231新北市新店區民權路108-2號9樓
電　　話　(02) 2218-1417
傳　　真　(02) 2218-8057
客服專線　0800-221-029
E-Mail　rivegauche2002@gmail.com
左岸臉書　facebook.com/RiveGauchePublishingHouse
法律顧問　華洋法律事務所　蘇文生律師
印　　刷　成陽印刷股份有限公司

初版一刷　2018年9月

定　　價　350元
ISBN　978-986-5727-77-2
歡迎團體訂購，另有優惠，請洽業務部，(02) 2218-1417分機1124、1135

木蘭的外婆（認同三部曲3）／
洪素珊（Susanne Hornfeck）著；馬佑真譯
.－初版.－新北市：左岸文化出版；
遠足文化發行，2018.9
　面；　公分.－(左岸文學；276)
譯自：Mulan: verliebt in shanghai
ISBN 978-986-5727-77-2（平裝）

875.57　　　　107013669

本書榮獲德國歌德學院Goethe-Institut「翻譯贊助計畫」支持出版

感謝歌德學院（台北）德國文化中心　協助
歌德學院（台北）德國文化中心是德國歌德學院（Goethe-Institut）在台灣的代表機構，五十餘年來致力於德語教學、德國圖書資訊及藝術文化的推廣與交流，不定期與台灣、德國的藝文工作者攜手合作，介紹德國當代的藝文活動。

歌德學院（台北）德國文化中心Goethe-Institut Taipei
地址：100臺北市和平西路一段20號6/11/12樓
電話：02-2365 7294　　傳真：02-2368 7542
網址：http://www.goethe.de/taipei